「おやおや……ギルドには黙っておくよう言っていたんだが、鼠というのはどこからでも入ってくるものだな」
「スノウ・ハウルロッド……」
「お嬢様の名を呼び捨てにするとは、いい度胸だな」
イザベラ
スノウの右腕である女騎士。高圧的なのはスノウを思うあまりのこと。
スノウ・ハウルロッド
ハウルロッド侯爵家の第一子。剣の天才との噂だが…。

カロス
A級冒険者。
エルマに目をかけている。
「〈水没した理想都〉の大規模依頼《レイドクエスト》が発表されたようだね。
危険なレイドだから強制はできないけれど、
君達にも期待しているよ、エルマ、ルーチェ。
前も言ったけれど、あまり戦力に余裕がなくてね。
前レイドの〈王の彷徨〉もあって、
警戒している冒険者も多い」
「ヒルデさんの師匠のカロスさん……」
ヒルデ
カロスを師匠と慕う
魔剣士クラスの少女。
エルマに何かと
突っかかるが…。

ルーチェ
エルマとパーティを組む道化師クラスの少女。
「それにいつも言っているが、本当に私は師匠になったつもりはないのだが……」
「し、師匠!? そんな……」

CONTENTS

3
追放された転生重騎士はゲーム知識で無双する
[著] 猫子
[ILLUST.] じゃいあん

口絵・本文イラスト：じゃいあん
デザイン：寺田鷹樹（GROFAL）

第一話　〈幻獣の塔〉

1

〈嘆きの墓所〉での大規模依頼《レイドクエスト》から数日が経過した。

あの大規模依頼《レイドクエスト》では、俺達が存在進化によって生まれたスカルロードを討伐したため、大きな事件には至らなかった。

だが、冒険者の都ラコリナが何者かに狙われている……という事実には変わりない。〈夢の穴《ダンジョン》〉の異常……特に〈夢の主《マスター》〉の存在進化は、〈哀哭《あいこく》するトラペゾヘドロン〉という、凶悪な誘発剤によって齎《もたら》されたものだった。

通常、長く存続した〈夢の穴《ダンジョン》〉には、魔物の骸《むくろ》から生じる魔石や、人の亡骸などが累積していき、それらのマナの影響によって段々と異常が大きくなっていくものなのだ。そしてそれを防ぐために〈夢の主《マスター》〉を討伐して〈夢の穴《ダンジョン》〉を終わらせることが冒険者の大きな目的でもある。

〈哀哭するトラペゾヘドロン〉は、強引に純度を高められた、強い怨念を秘めた闇のマナの結晶である。

何者かが、〈夢の穴《ダンジョン》〉の異常を引き起こす目的で、わざわざ大枚を叩《はた》いて〈哀哭するトラペゾヘドロン〉を内部にばら撒《ま》いていたのだ。

恐らくそれは〈嘆きの墓所〉だけではなく……俺とルーチェがデスアームドと衝突することになった、〈百足《ひゃくあし》坑道〉でも行われていた。

俺はA級冒険者であるカロスや、ハウルロッド侯爵家の分家の人間でもある、ギルド長のハレインに連絡を取って情報交換を行ったりはしてみたのだが、あまり有益そうな情報は得られないでいた。


俺やルーチェは、ただの一冒険者である。立場もそう強くはないし、頼まれもしていないのに都市のためにずっと調査を行っていられるほど余裕があるわけでもない。

俺も貴族の端くれとして……そしてこの世界の裏側を知る者として、大きな事件が起きようとしているのならば、それを止めたいとは思う。ただ、そのためには、俺がもっと強くならなければ話にならないのだ。

そうしたわけで、何か美味しい〈夢の穴《ダンジョン》〉でもないかと、ルーチェと二人、冒険者ギルドを訪れていた。


「平和なものだな。一歩間違えたらこの都市で大災害が発生しかねない事態だったのに……」

冒険者達の喧騒《けんそう》に、俺はそう溜《た》め息《いき》を吐いた。

「大規模依頼《レイドクエスト》に参加していた冒険者でも、スカルロードを直接目にしていない方には、あんまり危機感が伝わっていないみたいですからね……」

ルーチェが苦笑しながらそう返す。

冒険者ギルド内のスパイを使って〈夢の穴《ダンジョン》〉の地図を改竄《かいざん》させたりと……相手さんのやっていることは、随分と大雑把に思える。現状は水面下に隠れているが、自身らの存在が表に出ること自体は恐れていないようだ。

どうにも敵の正体が具体的に見えてこない。ちぐはぐなものを感じる。

「まぁ、今日の目的は〈夢の穴《ダンジョン》〉の選定だ。例の事件のことはひとまず忘れようか」

「よう、エルマにルーチェじゃねぇか」

弓を背負った、三十歳前後ほどの男が近づいてきた。

狩人クラスの冒険者、ケルトである。

「ケルト……」

「面白い話を二つ耳に挟んだんだ。いい冒険者は逃げ足と情報が早いってな。ここじゃなんだから、別の場所で話さねぇか？」

「いい冒険者は、逃げ足と情報が早い……。なるほど確かにお前はいい冒険者だ」

俺の返した言葉に、ケルトは気まずげに咳払《せきばら》いをした。

「ア、アレは……まぁ、悪かったな」

大規模依頼《レイドクエスト》で継ぎ接ぎの魔物パッチワークから逃げようとして、その数秒後に突然現れた二体目に殺されかけた一件を自虐的にネタにしたのかと思ったが、そういう意味ではなかったらしい。

面白い話……か。ルーチェに視線で確認した後、ケルトに振り返って頷《うなず》いた。

「わかった。ぜひ聞かせて欲しい」

「おいおいケルトの奴が、また新人騙《だま》して小銭稼ぎしようとしてやがるぜ。気を付けろよ、坊主」

近くを通りかかった大男が、ニヤニヤと笑いながらそう口を挟んできた。

……俺もルーチェもB級冒険者になったので、ちょっとは有名になって来たかと思ったんだがな。

ケルトは顔を赤くして大男を睨《にら》んだ後、早歩きで冒険者ギルドの入り口へと向かう。

「チッ！　ほ、ほら、とっとと行くぞ、エルマ！」

「……さすがに俺達を引っ掛けるような真似はしないだろうが」

「なんというか……ケルトさんは、小悪党臭い行動が似合いますね……」

ルーチェが呆《あき》れ気味にそう零す。


その後、酒場でケルトから話を聞くことになった。

まだ昼過ぎであり、食事時でもないため、他の客の姿はほとんどない。店員もわざわざ俺達の話に聞き耳を立てるほど野暮ではない。

「それで……その儲《もう》け話に、俺達はいくら出せばいいんだ？」

「……あんまりからかうのはよしちゃくれねぇか。別にお前らにタカろうなんざ思ってねぇよ」

ケルトが気まずげに額を掻《か》く。

「ハウルロッド侯爵家が、ちと妙なことになってるらしい」

「ハウルロッド侯爵家が……？」

　俺の言葉にケルトが頷く。

「ウチの王国の貴族じゃよくあることだが……ハウルロッド侯爵家は、血の濃さよりも実力を優先する。さすがに赤の他人が加わることはねぇが、末子でも次期当主候補になるし……場合によっちゃ、親戚筋のガキだって有力候補になる。そんせいで次代の家督争いで派閥が分かれて、結構裏でドンパチやってるらしい。現当主も、それは家のために必要なことだと考えてて、ある程度死者が出ることも許容してるって噂《うわさ》だ」

「話には聞いたことがあったが、そこまで酷いのか……」

　俺も一応貴族であるため、その辺りの事情はある程度知っていた。しかし、死者が出ることを織り込んでいるとは物騒な話だ。

「スノウ・ハウルロッド……現当主の第一子にして、天才剣士。腹黒く冷酷で、滅多に口を開かない不気味な女だそうだが……コイツが最近、強引に実績作って現当主や領民にアピールしたり、他貴族にコネ作ったりと、熱心に動いてるそうだ。うかうかしてれば他の当主候補に潰されちまうから必死なのはわかるが……大きい声じゃ言えねぇが、ちょっと怪しいんじゃないかと思ってる」

「怪しい……確かにな」

　例の〈夢の穴《ダンジョン》〉の異常は、一個人が引き起こせるようなものではなかった。必然的に都市ラコリナと冒険者ギルドを牛耳っている、ハウルロッド侯爵家に目が向く。

だが、ハウルロッド侯爵家全体としては、そんな余計な事件を起こして領地を危険に晒《さら》す意味はないのだ。

「暴走した次期当主候補の派閥が、世情をコントロールするために〈夢の穴《ダンジョン》〉に異常を引き起こした……という可能性はなくはないな」

本当にそうだとすれば、馬鹿なことを……としか言いようがないが。貴族の次期当主候補が、私欲で守るべき領民を危険に晒そうとしていたなど、あってはならないことだ。

「理解が早いな、エルマは。お前は例の件を気にしてるみてぇだったから、耳に入れておこうと思ってな。また、スノウは、レベル上げと実績作りのために周辺の〈夢の穴《ダンジョン》〉を派手に荒らしてるって話だ。鉢合わせしたら、ちょっと厄介かもしれねぇぜ」

「そうだな、頭に入れておこう。ありがとう、有益な情報だった」

〈夢の穴《ダンジョン》〉の中で貴族とは下手に出会いたくないものだ。それが冷酷で、目的のために手段を選ばない人間だとすれば尚更だ。

貴族はいざというときには、領地のために命を懸けるという覚悟を背負っている。そのためということもあり、特権意識の強い人間が非常に多い。

俺の父親アイザスもそのタイプだが、ハウルロッド侯爵家の現当主は、その極致に立っているような人物だという。その第一子なのだから、どんな人物であるのかは想像に難くない。

「それで……もう一つというのは？」

「ああ……驚くなよ？　ギルドは隠してるが……都市からちっと離れたところに、レアな〈夢の穴《ダンジョン》〉が出現したらしい」

2

「レアな〈夢の穴《ダンジョン》〉……ですか？」

ルーチェが聞き返すと、ケルトは楽しげに、ニヤニヤと笑っていた。

「ああ、そうだ。上手くいきゃ、ちょっとした財産になるだろうよ」

レアな〈夢の穴《ダンジョン》〉……か。

基本的に一度攻略された〈夢の穴《ダンジョン》〉も、ある程度の時間を経て、同じ名前を冠するものが別の場所に現れるものだ。ランダム生成であるため細かい地形は変わっているが、基本的に出没する魔物や〈夢の主《マスター》〉は変わらない。そのため〈夢の穴《ダンジョン》〉がこの世界からなくなることはない。

だが、〈夢の穴《ダンジョン》〉の出現率には偏りがあり、頻繁に出てくるものもあれば、滅多に出てこないものもある。

中には超低確率の〈幻夢の穴《レアダンジョン》〉と呼ばれるもの……いわゆるボーナスステージが存在する。この類のものはドロップアイテムや経験値が美味しい代わりに、〈夢の主《マスター》〉が討伐されなくとも魔物が一定数討伐された時点で崩壊を始めることが多い。

「とは言っても……俺達は所詮、Ｂ級冒険者だからな……。その手の〈幻夢の穴《レアダンジョン》〉は、Ａ級冒険者以上でなければまともに攻略はできないだろう」

「なんだよ……冷めた奴だな。まぁ、それは正しいが。お前なら上手くやるんじゃねぇかと思って一応声掛けてみたんだが……さすがに苦しいわな」

ケルトがポリポリと頭を掻く。

まぁ……〈夢の穴《ダンジョン》〉の推奨レベルによっては行っていけないわけではないだろうが、リスクがさすがに大きすぎる。その手の〈幻夢の穴《レアダンジョン》〉で存在進化やら魔物溜まり《モンスタープール》に巻き込まれては、さすがに無事では済まないだろう。

「因みになんてところなんだ？　レアアイテムが落ちるところなら、騒ぎが落ち着いた頃に店で破格の値段で出回ってくれるかもしれないな」

「又聞きなんだが……〈幻獣の塔〉ってところらしい」

「〈幻獣の塔〉だと⁉」

俺は大声でケルトの言葉をくり返し、思わずその場で立ち上がった。

疎《まば》らにいた他の客達も、何事かと俺の方を見ていた。

「エルマさん、エルマさん、一応内緒話ですから……！」

ルーチェが声を潜め、俺へと言う。

「あ、ああ、悪い、つい……」

「まぁ、俺はどうせ潜る気なんざなかったからいいんだが……そこまで驚くところだったのか？」

「正直……〈幻獣の塔〉だと話が変わってくる」

〈幻獣の塔〉には、他の〈夢の穴《ダンジョン》〉の稀少《きしょう》な魔物が大量に出没するのだ。稀少な魔物は大抵、高価なドロップアイテムを抱えている。欲しいアイテムを抱えている魔物を探し出し、アイテムドロップに賭けて討伐しまくるというのが〈幻獣の塔〉の基本戦略である。

手あたり次第に魔物を倒せば〈幻夢の穴《レアダンジョン》〉の消滅が早まるので目当ての魔物が狩りにくくなるが、目当ての魔物ばかり狩っていても他の冒険者に先を越される。ゲームではいつも〈幻夢の穴《レアダンジョン》〉内部は、上級冒険者達の泥沼の争いになっていた。

「欲しいアイテムがあるんですか、エルマさん？」

「……出てくる魔物はランダムで五種類なんだが、高確率でこの中にグリムリーパーが入って来るんだ」

「グリムリーパー……ですか？」

ルーチェの言葉に、俺は大きく頷いた。

「奴からは〈死神の凶手《きょうしゅ》〉の〈技能の書《スキルブック》〉がそれなりの確率でドロップする。あれさえあれば、道化師クラスのルーチェの攻撃性能が一気に跳ね上がるはずだ」

〈豪運〉持ちの道化師にとって〈死神の凶手〉は外せないスキルツリーである。いわば重騎士の

〈燻《いぶ》り狂う牙〉のようなものであり、手に入れるまでがチュートリアルだといっても過言ではない。〈死神の凶手〉自体がかなりのぶっ壊れスキルツリーであり、近接クラスであればほぼ採用候補に入る。

とはいえ大きな弱点があって、候補には入るものの、実際に〈死神の凶手〉を取得するプレイヤーは少ない。運否天賦《うんぷてんぷ》の面が大きいスキルツリーであり、肝心な場面で機能せずにデスペナルティを受けるリスクが付き纏《まと》うためだ。

だが、ルーチェの桁外れに高い幸運力の前では、そんなリスクも無いに等しい。

この世界では〈技能の書《スキルブック》〉の流通は貴族が牛耳っている。ここを逃せば、次の入手機会がいつになるのかわかったものではない。

「〈幻獣の塔〉はそこまで推奨レベルが高いわけでもない……。奥に入らず、浅いところでグリムリーパーを探して回るのは充分可能だな」

ここで〈死神の凶手〉が手に入れば、一気にルーチェを強化することができる。〈燻り狂う牙〉のようにスキルの発動条件が厳しいわけではないため、しばらくは俺よりルーチェの方が圧倒的に強くなるかもしれないくらいだ。

基本的に〈技能の書《スキルブック》〉は低確率ドロップなのだが、何せ俺には幸運力に長けたルーチェが付いている。

全く狙ってもいなかったのにエンブリオから〈技能の書《スキルブック》〉を入手したこともある。グリムリーパーに絞って狩り続ければ、いずれは〈死神の凶手〉が落ちるはずだ。

「やりましょう、エルマさん！　きっとここは踏ん張りどころですよ！　ここで行かないなら、冒険者になった甲斐《かい》がありませんもん！」

ルーチェがぎゅっと握り拳を作る。

「次の〈夢の穴《ダンジョン》〉はここで決まりだな」

俺はそれから、ちらりとケルトを見た。

「それで……腕利きで性格面に信頼が置ける、Ｂ級以上の冒険者ができれば欲しいんだが……」

「悪いが俺はパスだぜ。誘いは嬉《うれ》しいが、別の用事があってな。それにみみっちく、堅実に……が俺のモットー。美味しそうな話ではあるから乗っかってやりてぇところなんだが、リスクを冒すのは性分じゃねぇ」

「うぐ……」

「ま、軽い気持ちで行けよ。駄目で元々……くらいのな。あんま躍起になっちまったら、引き際を見誤るぜ」

「そうだな……」

Ｂ級以上の冒険者はそう多くない。特にソロで活動しているのは、ケルトみたいな特殊なタイプを除けばかなりのレアケースだ。

メアベルも回復クラスの報酬面が安定しているため単騎で大規模依頼《レイドクエスト》に潜り込むことが多いだけ

で、普段は固定でパーティーを組んでいるそうだ。一匹狼《いっぴきおおかみ》を気取っているケルトとは違うのだ。

固定パーティーを持っている冒険者に協力を頼んでも、断られた挙句、固定で組んでいるいつもの仲間と一緒に〈幻獣の塔〉へと向かわれるだけだ。不用意にライバルを増やす結果になりかねない。

なにせ〈幻夢の穴《レアダンジョン》〉は、魔物が狩られれば狩られるほど消滅が近づくのだ。

かといって、ずっとソロで活動しているのは特殊なタイプのクラスを除けば、性格面に難のある冒険者ばかりだろう。

今回もルーチェと二人で回った方がよさそうだな……。

3

俺とルーチェは、ケルトから聞いた〈幻獣の塔〉へと向かっていた。中継地点にある村を経由し、森の奥を進んで行く。

崖壁の前に、大きな虹色の渦が広がっていた。

「まだ残っていたか……」

俺は安堵《あんど》の息を漏らす。

「そんなに短期で攻略されるものなんですか？　その〈幻夢の穴《レアダンジョン》〉……というのは。アタシはあまり、そうした分類自体聞いたことがなくて……」

「移動に思ったより時間が掛かってしまったからな」

準備に移動……と、合わせて丸一日掛かってしまった。ゲームのときには早ければ開幕五分で最上位勢の群れが雪崩《なだ》れ込んできて、それから数分で消滅することもあったくらいだ。

まぁ、さすがにこのケースはこちらの世界では当て嵌《は》まらないはずなのだが……急ぐに越したことはない。

冒険者ギルドが発見を隠している……という話だった。

ギルドはギルドで編成した冒険者を送り込んで儲けを独占しようと考えているのだろう。魔物の乱獲が既に行われている可能性は高い。ギルドぐるみでそうしたことをしているのならば、触れない方が賢明なのは間違いない。

ケルトが来なかったのも、そうした考えもあるだろう。

ただ、彼らは発見を隠しただけであって、立ち入りを禁止したわけではない。見つかってもこちらに後ろ暗いことはない。

目を付けられるのもよくはないのだが、数少ない〈死神の凶手〉を手に入れるチャンスなのだ。

ここを逃すという手はない。

早速ルーチェと共に虹色の渦へと入り、〈夢の穴《ダンジョン》〉内部へと移動した。

【〈幻獣の塔〉：《推奨Lv：80》】

黄土色の床と壁が続いている、簡素な作りの建造物であった。

魔物の像が通路の両脇に置いてある。獅子《しし》の顔をしており、大きな翼を有していた。キマイラのものだ。

「【Lv：80】……聞いてはいましたけれど、かなり高いですね」

ルーチェがごくりと唾を呑《の》む。

「ああ、事前に話した通り……奥までは潜らない。危険な魔物からは逃げる、怪しいところには入らない、深追いはしない」

とはいえ推奨レベルはあくまで〈夢の主《マスター》〉の目安レベルだ。道中で出没する魔物は〈夢の主《マスター》〉よりも一段階は低い。

俺達は既に【Lv：85】のスカルロードを討伐しているので、そこまで危険なところに踏み込んでいるわけでもない。

本格的な攻略に乗り出してもいいのだが、別にわざわざ〈幻夢の穴《レアダンジョン》〉を踏破する理由もないのだ。危険な〈夢の主《マスター》〉を倒さなくても、ドロップの美味しい魔物を狩っていれば、いずれ消滅するのだから。

倒す理由がないことはないが、倒さない理由の方が多すぎる。

「窓がある……〈夢の穴《ダンジョン》〉の中なのに……」

壁には窓として、大きな穴が広がっていた。

縁には獣が彫られている。外に目を向ければ、綺麗《きれい》な青空が見える。ルーチェが窓に歩み寄り、外を見ていた。

「下が見えない……凄く高い……。ど、どうなっているんですか、これ？　世界のどこかに塔が出現している……っていうことですか？」

俺はルーチェの背へと歩み寄る。

「所詮は全てアルザロスの夢だからな。この空も、雲も、全部が〈夢の穴《ダンジョン》〉みたいなものだ」

「なるほど……」

「あまり外を覗《のぞ》かない方がいいぞ。落ちたらどうなるのか全くわからない」

「そ、そうですね」

ルーチェがぶるりと身を震わせて、そうっと窓から離れる。

「さて……死神狩りを始めるとするか」

俺はパンッと手を打ち鳴らす。

今回の目標は〈死神の凶手〉の〈技能の書《スキルブック》〉を持つグリムリーパー、一点狙いである。他の魔物は基本的に無視して、逃走が難しい場合にのみ戦闘を行う。

最初のグリムリーパーを見つけるまで、さして時間は掛からなかった。時間にして一時間くらいだろうか？

石像の魔物であるガーゴイルを〈シールドバッシュ〉で弾いて逃げた先で、無事にグリムリーパーを発見することができた。この〈幻獣の塔〉にグリムリーパーがいない可能性もあったので、出没を確認できたことにまず安心した。

　半透明の青い霊体の身体に、不気味な笑顔の仮面がついている。浮かんでいる白の手袋が、しっかりと大きな鎌を掴《つか》んでいた。

魔物：グリムリーパー
Ｌｖ：66
ＨＰ：１６６／１６６
ＭＰ：66／66

「ケケ……ケケケ……！」

　グリムリーパー……。

　回避能力と攻撃力が高い、厄介な魔物だ。高確率クリティカルの〈竜殺《りゅうさつ》刈り〉を放ってくるため、レベル上で勝っていてもあまり安心のできる相手ではない。その他、霊体を薄くして物理攻撃を透過する〈霊体透過〉や、行動阻害系の魔法スキルも有している。

　ドロップが美味しいレアな魔物ではあるが、出くわしてもリスクやクラス相性を考えて避けるパーティーの方が多いかもしれない。

だが、当然俺は、グリムリーパーの弱点や動き方は熟知している。

「いたぞ！　〈技能の書《スキルブック》〉だ！　逃がすな！」

「はいっ！　エルマさん！」

「ゲッ……⁉」

猛然と迫って来る俺達の勢いに、グリムリーパーも少し困惑しているようだった。だが、すぐに鎌を構え直し、大きく引いた。

グリムリーパーのスキル……〈葬礼の舞〉の予備動作だった。鎌を振り乱しながら素早く回転するスキルで、当たり判定も発動範囲も広い。

おまけにスキル予備動作時には異様に打たれ強くなり、攻撃を受けてもよろめいたり仰け反ったりせずにそのまま鎌のブン回しを行う、いわゆるスーパーアーマー付きスキルである。下手に攻撃すれば、耐えられた後に至近距離から〈葬礼の舞〉をお見舞いされる。

「〈葬礼の舞〉は出始めを〈シールドバッシュ〉で潰す！」

俺は大盾を構え、グリムリーパーの身体を弾く。

「ゴッ……！」

グリムリーパーが壁に叩《たた》きつけられる。思ったよりも勢いよく飛んでくれた。

「〈屍将《ししょう》の盾〉はやはり強力だな」

〈葬礼の舞〉は強力なスキルではあるが、グリムリーパーの数少ない隙でもある。〈葬礼の舞〉のスーパーアーマーに頼っている間は、〈霊体透過〉で物理攻撃を透過することができないのだ。

グリムリーパーが立て直すより一瞬早く、ルーチェがそのすぐ横の壁へと垂直に立ち、素早く身体を側転させた。

「〈曲芸連撃〉！」

「ケ、ケ……！」

グリムリーパーは一撃を受けたものの、すぐに立て直して鎌で応戦し、ルーチェのナイフを防ぐ。

だが、その隙に俺はグリムリーパーの背後へと回り込んでいた。まだ体勢が不安定なグリムリーパーの背へ、死角より〈ミスリルの剣〉の一撃を叩き込む。

「ゲェッ！」

グリムリーパーの霊体が裂けて、消えていく。罅《ひび》の入った仮面が、奴の手袋や鎌と共に地面へと落ちた。

【経験値を２８９９取得しました。】

経験値取得メッセージと共に、俺は剣を鞘《さや》へと仕舞った。

「お見事ですエルマさん！」

「〈霊体透過〉を使わせないためには、他のスキルの隙を突くか、死角を取るのが一番だからな」

グリムリーパーの〈葬礼の舞〉のスーパーアーマーを叩いて一気に畳み掛けられてよかった。

〈霊体透過〉主軸で堅実に動かれて戦闘が長引けば、常に敵のクリティカルを警戒しながら立ち回る必要があるため、なかなか苦しい戦いを強いられていただろう。

「お願いします……これで〈技能の書《スキルブック》〉、落ちてください……！」

ルーチェが手を合わせて祈る。

「……いや、駄目だな」

俺は首を振り、グリムリーパーの亡骸《なきがら》へと近づく。

既に奴の仮面は土くれになっていたが、鎌だけはしっかりと残っていた。俺は鎌を持ち上げる。

「何もドロップしないよりはいいんだが……欲しかったのとは違う方だな」

武器ドロップより〈技能の書《スキルブック》〉ドロップの方が圧倒的に確率が低いため、当たり前ではあるのだが。元より、一体で死神狩りが終わるとは思っていなかった。

〈魂刈りの鎌〉《推奨装備Lv：60》
【攻撃力：＋18】
【市場価値：千五百万ゴルド】
生者を刈り取る死神の鎌。
クリティカル率がやや高く、攻撃した対象のＭＰを減少させる効果を有している。

鎌としてはなかなか強い部類ではある。攻撃力は控え目だが、二つの追加効果がかなり強力だ。

……まぁ、鎌を使う予定なんてないため、市場に流してお終《しま》いなのだが。

「うう……外れドロップ……」

ルーチェが〈魂刈りの鎌〉を見て悲しげに呟《つぶや》く。

「別に千五百万ゴルドはちゃんと滅茶苦茶大きいからな⁉」

ルーチェの感覚が麻痺《まひ》している。グリムリーパーは本来レアモンスターであって、アイテムドロップ率はかなり良い方なのだが、それでも普通であれば武器の一本も落ちない可能性の方が高いのだ。

4

「ケケケケケッ！」

グリムリーパーが大鎌の一撃を放つ。クリティカル狙いの〈竜殺刈り〉だ。

俺は確実に躱《かわ》した後、素早く接近して剣を振るう。だが、奴のスキルである〈霊体透過〉で透かされた。

グリムリーパーはそのまま俺から離れ、ルーチェの方へと向かおうとする。

「させるか……〈影踏み〉！」

だんっと、グリムリーパーの影を踏んだ。

道化師クラスのルーチェは、ＨＰと防御力に難がある。彼女がクリティカル率と攻撃力の高いグリムリーパー相手に、正面から戦うような形になることは避けたいのだ。

それに、こうしてグリムリーパーの可動域が限定されれば、ルーチェは弱点である死角を取り放題になるし、確実に敵の一撃を避けながら有利な間合いで戦い続けることができる。

「ケケケケェッ！」

グリムリーパーは反転し、俺へと大鎌を振り回す。捕らえられた以上、速攻で俺を倒す方を選んだらしい。俺は大鎌のひと振り目を〈パリィ〉で受け流し、ふた振り目を大盾で防いだ。

「焦っているな……グリムリーパー。まるで威力が乗っていないぞ」

俺の挑発に、仮面に描かれた顔が歪《ゆが》む。

グリムリーパーは大きく大鎌を引いた。〈竜殺刈り〉で盾ごと叩き潰すつもりらしい。

「てやぁっ！」

当然、死角を取っていたルーチェはその隙を逃さない。素早くグリムリーパーに連撃を叩き込んだ。

「オガァッ……！」

既に弱っていたグリムリーパーには、これがとどめになった。

霊体が千切れ、小さくなっていく。仮面や鎌が地面へと落とされる。

【経験値を２６０９取得しました。】
【レベルが71から72へと上がりました。】
【スキルポイントを1取得しました。】

レベルアップしたようだ。俺はふぅ……と、安堵の息を吐いた。

「やっぱり〈霊体透過〉主軸で動かれると、苦しいですね……。レベル下でも、魔術師クラスの方を雇ってみてもよかったかもしれません」

ルーチェがそう口にする。

確かに〈霊体透過〉が透過できるのは物理攻撃だけだ。魔法攻撃は避けられない。

「ただ、グリムリーパーは動きが速いし、当たり判定も小さいからな……。魔法頼みはそれはそれで苦しい。魔法だけで倒し切るとなると、かなりＭＰも使うことになる」

「なるほど……じゃあこうやって削っていくしかないんですね……」

「とはいえ、ルーチェも、グリムリーパー狩りになかなか慣れてきただろ？　なにせ……これで、三体目だからな」

「……まぁ、はい。間合いもなんとなくわかってきたので、クリティカルのリスクをケアしながらでも、結構物怖じせずに攻められるようになったといいますか……」

……そう、これでグリムリーパーは三体目だった。

二体目も一体目同様、ドロップしたアイテムは〈魂刈りの鎌〉であった。かなり高額なので武器ドロップもありがたい。

……ありがたくはあるのだが、いい加減お目当ての方のアイテムが欲しい。

塔の中を駆け回ってグリムリーパーを探すのも楽ではないのだ。それなりに時間も経っているため、なかなか疲労してきていた。

「そろそろ〈技能の書《スキルブック》〉が落ちてくれると嬉しいんだが……」

グリムリーパーの仮面が音を立てて割れる。俺達の見ている前で砂へと変わった。そうしてその横で、依然として変わらずに残り続ける、一本の〈魂刈りの鎌〉の姿があった。

「……駄目だったみたいだな」

まぁ……なんとなくだが、そうなるんじゃなかろうかという気はしていた。

ルーチェは覚束ない足取りで〈魂刈りの鎌〉へと近づき……その場に崩れ落ちた。

「どうして……どうして外れの方ばっかりが溜まっていくんですかぁ〜！」

「落ち着けルーチェ、その外れは千五百万ゴルド換算だからな……？」

もっとも……本来レアアイテムの〈魂刈りの鎌〉を三本も一気に店に渡せば、その価値は一気に暴落しそうな気もするが。元々、鎌使いはさして多くはないのだ。

しかし、ルーチェの〈豪運〉の力ならば、いい加減〈技能の書《スキルブック》〉が落ちてくれてもいいはずなんだが……。

欲しいものほど何故か手に入りにくい。これが物欲センサーという奴だろうか？

「まぁ、〈豪運〉込みでも三連ドロップは間違いなく恵まれている方ではあるんだが……なんだかな……」

厄介な魔物に目を付けられず……かつ上手くグリムリーパーを見つけられて……運がよければ、あと三体狩れるかもしれない、といったところか。その後は、ＭＰ的にも純粋な疲労的にも、さすがに〈幻獣の塔〉から撤退せざるを得ない。

だが、近くの村まで撤退して休眠を挟めば、さすがにもうこの〈幻夢の穴《レアダンジョン》〉は消滅してしまうはずだ。

「うう……せっかく〈死神の凶手〉を手に入れるチャンスでしたのに」

「……いや、まだまだチャンスはある。ただ、ＭＰを節約して戦っていく必要がありそうだな」

項垂れるルーチェへと、俺はそう口にした。

「グリムリーパー以外と戦わないのは、入る前にも言った通りだ。ただ……今後、戦闘回避のためにも極力、スキルを使わない方法を模索していかないと……」

かといって、それで戦闘が長引けば余計に悪手になりかねないのだが。

と……そのときだった。遠くから、ドンッ、ドンッと、重みのある足音が響いてくる。

「ゲッゲッ、ゲゴッ」

黄金の……でっぷりと肥えたラーナが、遠くの通路から歩いてくるところだった。黄金のラーナが立ち止まり、大きく頬を膨らませる。

「ウ……ヴェ、ヴェー……ゲゴッ」

俺は自然と、音を立てないようにピタリと動きを止め、黄金のラーナに視線を奪われていた。

あの色に、あの体格……間違いない。豪商ラーナだ。出没する魔物はランダムなのだが……まさかこの〈幻獣の塔〉に、奴まで含まれているとは思っていなかった。

「ルーチェ、奴を狩るぞ！　刺激しないように近づいて、機会を探る……！」

「言ってること、さっきと変わってません……⁉」

俺の様子に、ルーチェが苦笑いをした。

5

「ルーチェッ！　いけぇっ！　走れっ！」

ルーチェが壁を駆けて、でっぷりと肥えた黄金色のラーナを追う。腹も顔もパンパンに膨れあがっているが、恐ろしく足が速い。

「ゲゴッ、ゲゴッ」

ドタドタと足音を鳴らしている。なぜあんな走り方で足が速いのか。

「〈ダイススラスト〉ッ！」

壁を蹴ったルーチェが、最大限腕を伸ばし、目前の珍獣へと刃を突き出す。だが、刃はラーナに軽々と避けられる形になった。

「ううっ……！」

ルーチェが顔を顰《しか》める。無理な体勢で刃を放った彼女は、そのまま派手に床へとダイブする形になった。

魔物：豪商ラーナ
Ｌｖ：90
ＨＰ：22／22
ＭＰ：１３５／１３５

……結局、奴には一ダメージも与えることができなかったか。

「ゲッゲッゲッゲッ」

勝ち誇ったような声と共に、黄金のデブラーナは通路の奥へと消えていった。

豪商ラーナ……いわゆる金《かね》蝦蟇《がま》シリーズの一体である。俺達がお世話になった成金ラーナのパワーアップ版だ。

相変わらず馬鹿げたステータスで【素早さ：２４４】と、レベル差も相まって速度型であるルーチェの倍以上の値を誇る。

どうにか倒せないかとルーチェと二人で追い掛け回していたのだが、結局袋小路に追い込み切る前に豪商ラーナを刺激してしまい、奴に逃走モードのスイッチが入ってしまったのだ。

　破れかぶれでルーチェに突撃してもらったのだが、結果はこの有様であった。

「大丈夫か、ルーチェ？」

「ごめんなさい……仕留め損ねちゃいました……。せっかく役に立てる場面が来たと思ったのに……」

　ルーチェが口惜しげにそう零す。

「あそこまで肉薄しただけで賞賛ものだ。さすがに俺達には早かったな……」

　この〈幻獣の塔〉は、俺達が成金ラーナを狩った〈天使の玩具箱〉よりも通路の横幅が広い。あのときのように、回り込んだり、〈影踏み〉を狙ったりするのは不可能に近い。また、俺も、まさか豪商ラーナのチャンスが舞い込んでくるとは思っていなかった。

「うう……でも、もう少しで刃が届きそうでしたのに……」

「まぁ、あいつの体力は結構高いから、三連続で〈ダイススラスト〉の六を引かないと駄目だったんだけどな」

　そういう意味では別にさほど惜しいわけでもない。

「アレ!?　最初から結構それ無謀だったんじゃないですか!?　もし追い付けても、三連続で六を引かないと駄目なんですよね!?」

「ル、ルーチェならまぁ、チャンスがなくもないかなと……」

勝算は最初から薄かった。ただ、リターンがそれだけ大きいのだ。

豪商ラーナを狩れていれば、俺達のレベルも一気に引き上げることができていた。もし倒し切れてドロップアイテムまで手にしていれば、都市ラコリナ全土を揺るがす事件になっていただろう。

「……にしても、メインはグリムリーパーなのに、MPを使ってしまいましたね……。豪商ラーナを追い掛けて、結構〈幻獣の塔〉の奥まで来てしまいましたし……」

ルーチェが不安げに周囲を見回す。

「もう少し入口へと引き返すか。推奨レベルがかなり高い〈夢の穴《ダンジョン》〉だし……万が一を考えれば、あまり奥地を歩くべきじゃない」

「おやおや……ギルドには黙っておくよう言っておいたんだが、鼠《ねずみ》というのはどこからでも入ってくるものだな」

女の声に、俺とルーチェは振り返った。

長身の、金髪の女だった。鎧《よろい》に身を包んでいる。どうやら騎士のクラスらしい。

そして彼女に並んで、藍色髪のショートボブの少女がいた。冷たい、無感情な目をしている。

俺は彼女の、腰に差した剣へと目を向ける。青い柄の中央に、刻印石《ルーン》が埋め込まれている。水色の刻印石《ルーン》……恐らく魔法力強化系統だ。

刻印石《ルーン》までしっかり付けているとなると、恐らく金銭的にかなりの余裕がある人間だ。

彼女の藍色の髪に、俺は見覚えがあった。ギルド長のハレインのそれとほぼ同色だ。そしてハレインは……ハウルロッド侯爵家の分家の人間である。

「スノウ・ハウルロッド……」

俺は思わず、ケルトから聞いた名前を呟いた。

現当主の第一子であり……冷酷で手段を選ばない女だという話だった。

〈幻獣の塔〉の情報の秘匿にはハウルロッド侯爵家が噛《か》んでいるのではないかとは思っていた。だが、まさかスノウが出てくるとは思っていなかった。

「お嬢様の名を呼び捨てにするとは、いい度胸だな。ここはお前達のような、木っ端冒険者が来るところではない。お引き取り願おうか」

金髪の女が前に出てくる。

……スノウ・ハウルロッドは、〈哀哭するトラペゾヘドロン〉の一件と何か関係があるかもしれないと睨んでいた相手だ。こんな形で接触することになるとは。

人柄を探る、という意味ではいい機会なのかもしれないが。

「できれば狩りを続けさせてもらいたいのだが、それはハウルロッド侯爵家としての命令だろうか？　であれば最初から情報を秘匿せずに、公開した上でお触れを出し、入り口に見張りでも付けておくべきだったのではないか？」

察するに、恐らくそこまではできなかったのだ。現当主の判断ではなく、ただの令嬢の暴走だろう。せいぜいギルドに圧力を掛けて秘匿させるのが限界で、独占のために立ち入りに制限を設けるような権限は持っていない。

「重ね重ね生意気な男だ」

　金髪の女が目を細める。

「イザベラ」

　スノウが金髪の女へ声を掛ける。どうやら女騎士の名はイザベラというらしい。

「はっ、どうなされましたか、スノウお嬢様」

　イザベラがスノウの許《もと》まで戻る。スノウは俺達を一瞥《いちべつ》した後、イザベラへと小声で何かを話していた。

「はい、はい……なるほど、ええ、かしこまりました」

　イザベラがすぐにまた表情を険しくし、俺達を睨みつける。

「貴様らのような欲面の張った身の程知らず共は、〈幻夢の穴《レアダンジョン》〉と知れば見境なく飛び込んでくる。入るなと言っても、どうせ猿共は話を聞かん。貴様のように権力の横暴だの理不尽だのと難癖を付けて口煩く喚き、〈夢の穴《ダンジョン》〉に無断で乗り込み……そして無意味に命を落とす。貴様らがそうならんように、わざわざ忠告してやっているのだ。感謝こそされど、そのような物言いをされる覚えなどないな」

　イザベラは芝居掛かった大袈裟《おおげさ》な動きで、さも呆れ果てたと言いたげにそう口にする。

スノウはレベル上げと領民や現当主へのアピールを兼ねて、〈夢の穴《ダンジョン》〉を手段を選ばず荒らして回っているという話だった。要するに、邪魔だから出ていけ、と言っているのだ。

「イザベラ」

またスノウがイザベラの名前を呼ぶ。素早くイザベラがスノウへと耳を寄せる。

「ふむ、ふむ……ええ、すみません、確かに少々品位を欠く言い方でした。もう少し婉曲《えんきょく》に……ふむ」

スノウへそう返してから、イザベラは再び俺達の方を向いた。

「秘匿もこの忠告も、スノウお嬢様の優しさに他ならんと思え。それをお節介だと断じるのならば……貴様らは、さぞ大した腕前なのだろうな？　お手並み拝見させていただこうか」

イザベラが大きく前に出て、腰の剣へと手を触れた。剣呑《けんのん》な様子だった。

スノウも決して、現当主の許可を得て〈幻夢の穴《レアダンジョン》〉の独占を行っているわけではない。そのため俺達を追い出す材料がないため、力で脅しを掛けに来たのだ。

だが……。

「……なんであの方、自分から直接言わないんでしょうか？」

ルーチェはちらりとスノウを見た後、俺へと小声で口にした。彼女も疑問に思っていたらしい。

スノウは一貫して、部下であるイザベラを通してしか声を掛けてこない。

6

「……ラコリナは喧嘩《けんか》っ早い奴が多いな。だが、手合わせしたいというのなら、相手をしよう」

俺は鞘から剣を抜いた。

「エ、エルマさん、あまりハウルロッド侯爵家相手に食い下がらない方がいいんじゃないですか……？」

「〈技能の書《スキルブック》〉は惜しい。当主が噛んでるわけじゃないし、相手も正当性がないのはわかっているからこうした手を取っている」

あくまで向こうは、身の程知らずの冒険者に忠告してやっている、という態度を保っている。相手の言い分に則って剣を交わすのは失礼には当たらない。この世界では、貴族が余興に流れ者の冒険者と自身の部下を戦わせるのは稀《まれ》にあることだ。

それに……冒険者の都ラコリナを築き上げたやり手の大貴族にして、黒い噂の絶えないハウルロッド侯爵家。その第一子であるスノウは、例の〈哀哭するトラペゾヘドロン〉騒動に関わっている可能性がある。

彼女の右腕であろうイザベラの実力を確かめておけるというのは、ありがたくもあった。

「ぜひご指導いただこう。ハウルロッド侯爵家の騎士と剣を交わせるのは、またとない機会だ」

「ほう、剣を抜くか。フン、荒くれ者の冒険者が畏《かしこ》まるなよ」

イザベラは俺へ剣を向け、嗜虐的《しぎゃくてき》な笑みを浮かべる。

地面を蹴り、一直線に向かってきた。

適当に俺をあしらうつもりのようだ。俺はまず、防御に徹することにした。

ひと振り目、ふた振り目と、続くイザベラの刃を防ぐ。三振り目を受け止め、競り合いになる。

俺より多少レベルが上……くらいだな。

「……貴様、流れ者だな。このレベルであれば、B級以上はある。ラコリナの者なら、私が把握していないはずがない」

至近距離からイザベラが俺を睨む。どうやらC級以下の冒険者だと思い込んで高を括っていたようだ。

「打ち合いはここまでで充分か？」

「舐《な》めてくれるなよ……！」

イザベラが、剣の鍔《つば》越しに勢いよく押してきた。俺は重心を落として受け止め、体勢を崩さないように保つ。

反動で間合いを取ったイザベラが、下段に剣を構えてゆらりと迫って来る。

「〈砦《とりで》崩し〉！」

波打つように小さく跳ねた剣先が、俺の手許を狙って振るわれる。

スキルではなく、純粋な剣術だ。敢えて刃で防がせることで叩き落とし、相手の隙を作る技だ。レベルの優位性がないと踏んで、剣の技量での勝負に出てきたらしい。基本に忠実ながらに強力な技だが、狙いがわかっていれば対処は難しくない。

俺は半歩退きながら、体勢を崩されぬよう、しっかりと受け止める。同時に、防いですぐに剣先を上げて構え直した。

「〈兜《かぶと》落とし〉！」

イザベラは続けて、頭部狙いの一撃を放ってくる。俺は続けて下がることで一瞬の時間を稼ぎつつ、これも刃で防御してみせた。

相手の刃を打ち落としてから、素早く頭を狙うのは定石の一つだ。

「なっ……！」

「基礎的な剣術は身に付けている」

一応これでもエドヴァン伯爵家の元次期当主である。エドヴァン伯爵家はハウルロッド侯爵家のような政治力はないが、代々当主の剣の技量だけで領地を守ってきたのだ。

隙を晒したイザベラへこちらから打って出る。イザベラは俺の剣を懸命に捌《さば》く。

彼女は体勢を崩しながらも、速さの差を活かして強引に距離を取った。

スノウの瞼《まぶた》が、ピクリと動いた。現状、明らかにイザベラの方が分が悪いと判断したのだろう。

「そんな馬鹿な！　たかが一冒険者が、今の型を完全に返せるなど！　だが、お嬢様の顔に泥を塗るわけには……」

　イザベラはスノウの顔色を横目で確認した後、俺を睨んだ。

「〈剣撃波〉！」

　イザベラの振るう刃より、マナの刃が放たれる。

　俺はこの距離で攻撃が飛んでくるとは思っていなかったので、回避が間に合わず、盾で防いだ。衝撃が殺し切れず、ダメージが入る。

「なっ……！　スキルまで使うのか？」

　ここは〈夢の穴《ダンジョン》〉の中だ。ＭＰを消耗するのはお互い得策ではない。ＨＰも削れるし、身体も疲弊する。

　ただ軽い剣の打ち合いで、実力を確かめたいというだけの話だったはずだ。

　大盾で視界が潰れた一瞬の内に、イザベラは一気に距離を詰めてきていた。動きが先程までより鋭い。力試しではなく、明らかに本気で勝ちに来ている。

「〈聖光《しょうこう》の刃〉！」

　イザベラの刃に聖なる光が宿る。

　聖属性のマナで刃を覆い、大きなダメージを狙うスキルだ。

　発動が速いので、予備動作の隙を狙うのはリスクが高い。だが、威力が重いので、下手に防ぐのも危険だ。

地面を蹴って大きく下がった。とにかく距離を稼ぐ。

ＭＰを無駄にしたくないイザベラは、深追いしながら刃を振るってきた。

強引に追えば、剣の軌道は単調にならざるを得ない。イザベラ自身、こんな小競り合いでＭＰを使うべきではないとわかっているため、焦りがあったのだろう。

「〈パリィ〉！」

刃で刃を弾き、軌道を逸らす。イザベラの剣は勢いよく地面を叩く形になった。

「うっ……！」

イザベラが顔を顰める。

〈聖光の刃〉は、発動後の隙が大きいスキルだ。俺は大盾をイザベラの身体へと突き出した。

「〈シールドバッシュ〉！」

「ぐぅっ……！」

イザベラの身体を遠くへと弾き飛ばす。

だが、相手も騎士系統のクラスである。重騎士ほど極端でなくても防御に長けたクラスであるため、あまり遠くへは飛ばせなかった。

〈聖光の刃〉を有していたので、スキルツリーが余程偏ったものになっていない限り、恐らくは聖騎士だろう。

「……確かに見縊《みくび》っていた。だが、スキル選択を誤ったらしいな。ここからは本気で行くぞ

「……！」

イザベラが俺を睨みつける。様子を見ていたスノウが、小さく息を吐いた。

「イザベラ、この辺りにしましょう」

「ス、スノウお嬢様！」

「ステータス勝負で競り合い、剣術で後《おく》れを取り、スキルでの戦闘でも上を行かれたのです。これ以上、引き止める理由もないでしょう」

「し、しかし、〈夢の穴《ダンジョン》〉内で冒険者相手に後れを取ったことを吹聴されれば、我々の面子《メンツ》が……！」

「わからないのですか？　彼はスキル選択を誤ったのではなく、〈夢の穴《ダンジョン》〉内であるため不用意にダメージを与えることを嫌っただけです。最初の話であれば、打ち合いからの寸止めで終わるものでした。これ以上食い下がれば、むしろ私達の立場を悪くするだけでしょう」

「う……うぐ……」

イザベラが剣を下げた。

どうやらスノウは、思ったより話の通じる相手のようだ。

「あ、あの子……ようやく喋《しゃべ》った……」

ルーチェが小声でそう呟く。これまでスノウは、イザベラの名を呼ぶとき以外はまともに言葉を発していなかった。

7

「……外から来たB級冒険者か。同レベル帯でも冒険者相手に対人戦で後れを取るつもりはなかったが……対応を誤ったか」

　イザベラが苦虫を噛み潰したような顔でそう口にする。

　イザベラとしては、軽く往《い》なして俺達を実力不足として追い返すつもりだったのだろう。自身が実力で俺に後れを取っていると判断していれば、決闘など挑まず、別の方面から理由を付けて追い返そうとしていたはずだ。

「探索を継続させてもらえる……ということで大丈夫か？」

　俺が声を掛けると、イザベラはスノウの判断を仰ぐように、彼女を振り返った。

「仕方がないでしょう、イザベラ。建前とはいえ、実力を持ち出したのはこちらです」

「は、はい……。申し訳ございません、スノウお嬢様。同レベル帯の一般冒険者相手に、この体たらくとは……」

　しかし、不気味なほどにスノウが素直だった。聞いていた限り、自身の立場を盤石にするため、かなり傍若無人に振る舞っているという話だったが。

「確かに、最低限この〈夢の穴《ダンジョン》〉に踏み込むだけの力量はあったらしいな。いいだろう、ひとまずは認めておいてやる。だが、覚えておけ。今のはほんの小手調べだ。奥の手は見せていな……！」

「イザベラ」

「はっ！」

イザベラは素早くスノウの許へと戻る。

「少し、言い過ぎ……失礼ではないかと？　いえ、いえ……しかし、相手は平民の冒険者です。威厳を示さねば……。現当主様も、実績よりもお嬢様の性格を危惧されているのではないかと……はい、ええ。民のことを想っても、民に気を遣ったり、好かれようとするようになれば貴族としてはお終いだと、現当主様も……」

何やらごにょごにょと二人で話をしている。

「軽い小手調べとはいえ、この私相手に一本取ったことは認めてやる。自由に動くがいい、これ以上咎《とが》めはせん」

どうやら上から目線で誤魔化す、という形で二人の間で折り合いが付いたようだ。

……何となく察していたが、もしやスノウは、他の次期当主候補との競争を制するため、舐められないように敢えて露悪的に振る舞っているだけなのではなかろうか？

俺の頭に、ラコリナのギルド長であるハレインの顔が浮かんでいた。あの人も普段は大物振っているが、一つ予想外のことがあれば一気に崩れるところがある。

「もしかして血筋なのか……？」

或《ある》いは、強大になり過ぎたハウルロッド侯爵家を守るための手段なのか。

噂通り、実績作りとレベル上げのために〈夢の穴《ダンジョン》〉攻略を行っているのは間違いないだろう。ギルドへ〈幻獣の塔〉を秘匿させたのがその一環であることも間違いないが、彼女が家督争いのために〈哀哭するトラペゾヘドロン〉を利用しようとしていた……というのは、どうにも考えられなかった。

もっとも今の様子だけで判断するわけにはいかないのだが。

「イザベラ、この方に名前を聞いておいて」

「は、はい、お嬢様」

しかし、なぜ頑なに人を間に挟もうとするんだ……？

「おい、貴様！　この私相手に、よくぞここまで戦えたものだ。名を聞いておいてやろう」

色々と思うところはあったが……ひとまずここは、素直に答えておくことにした。

「エルマだ」

「エルマだと？　確か大規模依頼《レイドクエスト》で活躍したパーティーにいた男がそのような名前だったが……そうか、貴様だったか」

ハレインにはかなり情報を掴まれていたし、そもそも俺とルーチェをB級冒険者に昇格させたのは彼女なのだが、まだスノウ達は俺やルーチェの情報をさほど持ってはいないようだった。

こちらは一冒険者だ。ギルド長であるハレインにはともかく、冒険者としての実績が貴族の令嬢に深く知られていないことは当然だろう。

「貴族のご令嬢が身を案じてくださったことには感謝する。これ以上用件がないなら、これで失礼させていただく」

「行くがいい、私達も暇ではない」

「お待ちください」

　スノウが冷たい声音で口を挟んだ。何かと思い、俺は彼女の方へと目を向けた。

「こちらの事情を鑑みて、イザベラに手心を加えてくださったことには感謝を……あ、いえ、感謝……えっと」

　途中まではすらすら話していたのだが、一度噛んでから、一気に舌が回らなくなった。何度も言い直している内に、どんどんとスノウの顔が赤くなっていく。やがては視線を俺から外し、ぱくぱくと金魚の如く口を動かす。額には汗が浮かんでいた。

「えっと、その、その……」

「お嬢様……！　ひ、人見知りなのですから、ご無理をなさらないでください！　下手に喋って、その、威厳を損なわれては……！　大丈夫です、私がこう、上手くやりますから！　後ろで堂々と立っておいてください！」

　……なぜスノウがずっと沈黙していたのか、その理由がようやくわかった。

　俺はルーチェと顔を見合わせた後、お互いに頷き合い……何も見なかったことにしてその場を去ることにした。

第二話　怪鳥ポタルゲ

1

俺は〈影踏み〉でグリムリーパーの移動を制限しつつ、スキルを保つように影を踏んだ足を引き摺《ず》りながら移動する。

ルーチェは常にグリムリーパーを挟み、俺の反対側の位置をキープする。強引でも、徹底してグリムリーパーの死角を取り続ける。

これによって万が一にもグリムリーパーの一撃がルーチェを捉えないように意識する。これが俺とルーチェの編み出した、対グリムリーパーの安定戦法であった。

「ケケケケッ！」

グリムリーパーが大鎌を引いた。これは〈竜殺《りゅうさつ》刈り〉の予備動作だ。

「来るぞ、スキルを解除する！」

さすがに防御するのは危険すぎる。だが、回避するのは難しくない。

俺は〈影踏み〉を解いて背後へ跳んだ。

「ケェッ！」

グリムリーパーが大鎌の一撃を放つ。鎌の刃は、俺の身体にあと一歩届かない。間合いは完全に把握していた。

「てぇいっ！」

その隙にルーチェが一撃をお見舞いした。青い霊体が千切れ、奴の仮面に亀裂が走る。

「ゲェッ……！」

断末魔の叫びを上げ、グリムリーパーが一本の大鎌を残す。ルーチェはその場に崩れ落ち、両手で顔を覆った。

「なんで四本目なんですかぁっ！　こっちじゃないのに！　こっちじゃないのに！」

「四連続でちゃんと武器が落ちるのは、ありがたくはあるんだけどな……かなりの金額にはなるし」

　レベルが上がれば、それ相応に強力な武器が必要になって来る。強くなるための金銭の使い道は多い。

　もう少しレベルが上がったら、金策方面にも本格的に着手しようと考えている。お金はいくらあっても困ることはないのだ。

「……ただ、今欲しいのは〈技能の書《スキルブック》〉の方だからな」

　千載一遇の好機だったのだが、どうにもドロップ運がよろしくない。いや、ドロップ運はいいのだが……〈魂刈りの大鎌〉四本は、正直持て余してしまう。

「はぁ……アタシ、グリムリーパー狩るのが上手くなってきた気がします……」

ルーチェが落ち込んだようにそう零す。

「ま、まぁ、それはいいことだ。相手のスキルや予備動作、弱点を覚えて、徹底してその隙を突くように動くのは、戦闘の基本だ」

同じ魔物と戦い続けていれば、他の魔物に対してもそうした意識で戦う習慣がついてくるはずだ。手癖で戦っているだけではいずれ成長が止まる。

「前向きなのはいいんですけど……結構〈技能の書《スキルブック》〉の入手、絶望的になってきてませんか……？」

「う、ううむ……」

体力的にも残りＭＰ的にも、これ以上グリムリーパーを探し回っている余力はない。すぐに見つかっても一体狩れるかどうか、といったところか。

最寄りの村での休息を挟んで戻ってきたら、さすがに〈幻獣の塔〉は消滅してしまっているだろうか……。

俺達とあのスノウのコンビだけであれば、もう少し〈幻夢の穴《レアダンジョン》〉は長く持ってくれるだろうか……？

いや、俺達以外にも冒険者はいる、と考えるべきだろう。元々ケルトも又聞きした話だと口にしていた。

Ｂ級冒険者の三人以上のパーティーであれば、充分様子見に入ることは可能なレベルである。ましてや俺達が来た時点で、出現から二日以上経っていた。ここから日を跨《また》げば、さすがに残っていないだろう。

「……俺達以外の冒険者が〈死神の凶手《きょうしゅ》〉を手に入れているかもしれない。後日、裏の店を回って、売っているところを探そう」

「ただ……その、このレベル帯の冒険者って、結構お金持ってるんですよね？　魔剣士のヒルデさんも、五千万ゴルド出せたわけですし……」

「その代わり装備が〈ベアシールド〉になったがな」

　Ｂ級以上の冒険者がそれなりに纏《まと》まった大金を持っているのは確かだ。Ｂ級冒険者の羽振りの良さに憧れて冒険者を志す者は、この世界では珍しくない。

「裏のお店使う人って、結構稀《まれ》ですよね……？　黙認されているとはいえ、やっぱりリスクは付き纏いますし……」

「まぁ、そうだな……」

「スノウさんの情報秘匿を乗り越えたＢ級冒険者のパーティーが、グリムリーパーから〈死神の凶手〉をドロップして……その上で裏のお店で売却する確率って、結構低いんじゃないですか？」

「……ま、まぁ、ゼロではない」

　俺はルーチェのもっともな言葉に、辛うじてそう返した。

　顔の広そうなケルトやメアベル……カロスに声を掛けて、入手した冒険者を探してもらう、というのも手かもしれない。

ギルド長のハレインにはさすがに頼れない。取り締まる側の人間だ。堂々とそんな注文を出されたら、彼女も立場上黙って見過ごすわけにはいかなくなるだろう。

そのとき……微かに悲鳴のようなものが聞こえてきた。俺は咄嗟《とっさ》に、声がした方を振り返った。

「どうしたんですか、エルマさん？」

「今、悲鳴が聞こえた」

魔物相手に後《おく》れを取った冒険者がいたのだろうか。

ここはまだ〈夢の主《マスター》〉が出没する地点からは遠い。あまり奥地へ入り込むのは危険だが、ただの魔物相手であれば、俺達でも充分助けられるはずだ。

もう一体……最後にグリムリーパーを狩りたかったのだが……まぁ、それは仕方がない。人の命とは比べるまでもない。

「悲鳴……様子を見に行ってみましょうか」

ルーチェの言葉に俺は頷《うなず》いた。

2

俺はルーチェと共に悲鳴の方へと向かったのだが……そこには、意外な光景が繰り広げられていた。

スノウとイザベラが武装した五人に囲まれていた。山賊の類らしく、五人共身なりはよくない。戦況は明らかにスノウ達の方に傾いていた。五人共既に負傷しており、気力も大分削がれている様子であった。どうやら聞こえた悲鳴は、襲撃者側のものであったらしい。

「ら、楽に大金が得られるって聞いてたのに、こんなの話が違うじゃねえか……！　貴族の馬鹿娘が、道楽で〈夢の穴《ダンジョン》〉巡りしてるんじゃなかったのかよ！」

先頭のリーダーらしき男が弱音を漏らす。

「お頭、他の冒険者が来たみたいです！」

「なんだと……？　て、撤退だ！　クソ！」

山賊の頭が、俺達のいる方向とは逆の方へドタドタと慌ただしく逃げていく。スノウとイザベラに追うつもりはないらしく、彼の背を睨《にら》んでこそいたが、その場からは動かなかった。

「手助けは必要なかったようだ」

「わざわざ相手をするのも面倒な連中だった。奴らの逃亡が早まったことには感謝しておいてやる」

イザベラは不機嫌そうに言い、刃を振って付いた血を飛ばす。

「山賊か？」

「そのようだが、C級冒険者程度の力はあったな。あれだけの強さがあれば、ラコリナで食うには困らない。大方……犯罪者になって、大手を振って都市に出入りできない連中だろう。ああいう手合いが一番厄介だ。最近は大分減ったはずだったんだが」

Ｃ級冒険者程度……か。

それはただの山賊の中ではかなり強い方に入る。この世界では、強者が生活に困って犯罪者になることは少ないからだ。生活の困窮が理由であるならば、こんなふうにリスクを取ってまで貴族を襲うよりも、真っ当に〈夢の穴《ダンジョン》〉を攻略した方がずっといいというわけだ。

しかし、それにしても疑問が残る。

「欲を張ったもんだな。貴族の令嬢を誘拐して無事で済むなんて、本気で思ってたのか……？」

おまけに冷酷で狡猾《こうかつ》と有名なハウルロッド侯爵家相手に……だ。

当主本人に会ったことはないが、父アイザスから聞いた限りのイメージでは、娘のスノウが誘拐でもされれば、当人を見殺しにしてでも山賊団全員を捕縛して、見せしめに一人一人拷問に掛けて殺していくことだろう。

「山賊などそんなものだ。短絡的な馬鹿しかいない。都市部から離れて過ごしているから、世間の事情や常識にも疎い。その癖、欲深く単純だから、どんなに間抜けな計画でも疑いもしない」

イザベラは吐き捨てるようにそう口にした。

「イザベラ、そこについては少し不審な点があります」

スノウが口を挟んだ。

「お嬢様……？」

「世間知らずな彼らが、わざわざ貴族の一令嬢である私の顔を把握していて、この〈夢の穴《ダンジョン》〉に入ったことも知っていた……というのは妙です。私が〈夢の穴《ダンジョン》〉を回っていることも知っている様子でした。しっかりとした前知識があって、その割には肝心なところが抜けている」

「つまり……なんだというのですか、スノウお嬢様？」

「何者かが彼らに、自分にとって都合のいい情報だけを吹き込んだのではないでしょうか。金銭も、その人物より受け取る手筈《てはず》だったのかもしれません」

　さすがハウルロッド侯爵家の第一子というだけはある。かなり頭が切れるようだ。

「確かに、そう考えた方が筋が通っていますね、お嬢様。……だとしたら、何としてでも一人は捕えておくべきだったか。しかし我々も、もうＨＰにもＭＰにも余裕がないからな。魔物相手に消耗していなければ、あの程度の五人組、即行縛ってやれたのだがな」

　イザベラが忌々しげに呟《つぶや》く。

「しかし、刺客にしても随分と中途半端な連中だ。警告か？　スノウ嬢、何か心当たりは……」

　俺が声を掛けようとすると、スノウは顔を赤くしてびくりと肩を跳ねさせ、さっとイザベラの背後へ隠れるように回り込んだ。

　……切れ者なのは確かなようだが、どうにもそれ以上に人見知りが激しいようだ。次期当主候補としてはかなり致命的に思えるのだが。

「あ、あまりお嬢様に軽々しく話しかけるでない！　いずれ辺り一帯の地を治められる、高貴な御方だぞ！」

イザベラが慌ててフォローを入れる。

そこが原因でないことは明らかなのだが……まぁ、下手に突っ込まないようにしておこう。

別の次期当主候補の仕業だろうか？　真っ先に思い浮かぶのはそれではあるが、だとしてもあまりに直接的過ぎるようにも思えるが……。

一族内でこんな真似をすれば、さすがに現当主が黙ってはいないはずだ。

しかも、イザベラもＢ級冒険者相当の実力があるように見えた。魔物以上に対人戦を得意とする戦闘スタイルのようだ。

少なくとも対人用剣術をかなり鍛錬しているのは間違いない。スノウもこの〈夢の穴《ダンジョン》〉に足を踏み入れたのだから、決して弱くはないはずだ。そんな彼らに金で釣った山賊如きを嗾《けしか》けても、警告以上のものにはなりようがない。

いや、別のことも考えられるか？　山賊を嗾けて消耗を誘い……かつ、〈夢の穴《ダンジョン》〉内の深くに釘《くぎ》付《づ》けにしておくことが目的だったとしたら……。

「イザベラ、すぐにスノウ嬢を連れて外に出た方がいい」

「フン、貴様に言われなくともそのつもりだ」

イザベラは俺にそう言うと、スノウの方を向いた。

「行きましょう、スノウお嬢様……ああ、お足に怪我をなさっているではありませんか！」

　スノウの足から血が出ている。あの山賊にやられたようだ。

　本人は平然とした顔をしているが、それなりに傷は深い。高レベルの人間ほど治癒能力も高いとはいえ、数日は戦闘に支障が出そうだ。

「これくらい騒ぐことではありません。ただ……帰路の間、肩を貸してもらえますか？」

「あのクソ山賊共……！　落ち着いたら当主様の許可を得て、兵を動かし、ここら一帯を山狩りして、皆殺しにしてやりましょう！」

　そのときだった。

「ぎゃあああああっ！　助け、助けてくれぇっ！　死にたくねぇっ！　死にたくねぇっ！」

　さっきの山賊の男が、必死に俺達の方へと駆けてくる。

　その背後から、ぬっと、長い首が伸びてきた。

　巨大な人面だ。異様に多い歯が並んでいる。その化け物は大きな口を開けて……男の頭部を丸呑《まるの》みにした。

　歯の間から血が滲《にじ》む。首を失った男の身体が、呆気《あっけ》なくその場に倒れた。

「ギュー……ギュッ、ギュギュ」

　低い嗄《か》れた奇怪な声で鳴く。

　全長三メートル以上ある巨大な鳥に、人面が付いていた。四つ足であり、前脚にも後ろ脚にも、強靱《きょうじん》な鉤爪《かぎづめ》が付いている。

「こっちが本命かよ……！」

俺は歯を喰《く》いしばって、化け物の人面を見上げた。

魔物：ポタルゲ
Lv：80
HP：722／734
MP：272／272

〈幻獣の塔〉の〈夢の主《マスター》〉だ。本当に……つくづく、〈王の彷徨《ワンダリング》〉と縁がある。

3

「ギュギュ……ギュウウウウウ！」

ポタルゲが天井を向いて声を上げる。

「〈夢の主《マスター》〉だと！　な、なぜ、〈王の彷徨《ワンダリング》〉が……！　〈幻夢の穴《レアダンジョン》〉では、〈夢の主《マスター》〉にわざわざちょっかいを掛ける理由などないはずなのに！」

イザベラが悲鳴のような声を上げる。

これは恐らく、冒険者のミスで起こったことではない。スノウ達を狙って意図して引き起こされたものだ。

山賊を送り込んできた奴の狙いは、スノウ達を消耗させつつ〈幻獣の塔〉の奥に縛り付けて、〈王の彷徨《ワンダリング》〉を擦り付けることだったのだ。

警告なんて生易しいものではない。明らかに殺しに来ている。

……【Lv：80】……か。

〈夢の主《マスター》〉は通常の魔物よりも回復能力が高いが、ポタルゲは中でもその特徴が顕著だ。加えて防御力も高い。そして何より……奴は肉弾戦よりも、距離を置いての魔法攻撃を得意とする。

こちらからまともに攻撃を仕掛けることが難しい上、肉弾戦も弱いわけではないため、安易に近づけば鉤爪の餌食になる。

対してこちらは近接クラス四人だ。俺とルーチェはまだＭＰが残っているものの、スノウとイザベラはほとんど限界なはずだ。

ポタルゲ相手に打点を取るためには、高火力の魔法クラスが必要になる。〈死線の暴竜〉を使っても、移動や跳躍に活かせるスキルのない俺の攻撃を当てることは難しい。

ルーチェは機動力があって身軽ではあるが、彼女の打点でポタルゲに致命打を与えるのは〈ダイススラスト〉頼みでも苦しい。

元々道化師は攻撃型のクラスではないし、ルーチェはまだレベル六十台だ。ステータス不足が響いている。その上、〈ダイススラスト〉はその性質上、連続でダメージを与え続けることが非常に困難なのだ。

まずいな……チマチマとダメージを与える術がないわけではないが、距離を置いて立ち回られれば、回復力の高いポタルゲに安定して一人一人潰されてお終《しま》いだ。ポタルゲに大ダメージを叩《たた》き込むためのピースが足りない。

そして打開策を探りながら戦える程、ポタルゲの攻撃は生易しくない。

「……圧倒的に分が悪いが、とりあえずやれることをやっていくしかないな」

俺が剣を構えて前に出ようとしたとき、イザベラが一瞬早く俺の前に出た。

「私がポタルゲを引き付ける。貴様らは、スノウお嬢様を連れて逃げてくれ。お嬢様は足を負傷なされている」

「イ、イザベラッ！」

スノウが困惑したような、怒ったような声を上げる。

「早く行け……奴が動き始めれば、一分は持たんぞ！」

イザベラが叫ぶ。同時にポタルゲがこちらへ駆け出して来た。

「ギュウウウウウウ！」

ポタルゲの前方に魔法陣が展開された。魔法陣を中心に高速回転している緑のマナの塊が生じる。

……これは〈ウィンドハント〉という、風属性の魔法スキルだ。

「くっ……！」

イザベラが魔法攻撃に備えて身構える。軌道を読んで避けるつもりらしい。だが、悪手だ。

「ギュッ！」

風の球体が放たれた。

球の表面では、緑のマナが高速回転している。俺はイザベラの前へと割って入り、大盾で〈ウィンドハント〉を受け止めた。衝撃で背後に突き飛ばされ、手が激痛で震える。

……つくづく〈屍将《ししょう》の盾〉を手に入れてよかったと思う。

「〈ウィンドハント〉は追尾効果があり……振り切って回避することが難しい。威力はまだ低い方だから、速度がなければ防いだ方がいい」

「に、逃げろと言っただろう！　馬鹿か！」

「元々戦うつもりではあったんだが、お前の言葉を聞いて、余計に全員で生還したくなった。それに……俺なら一分と言わず、単騎で五分は稼げる自信があるぞ」

俺がニヤリと笑ってイザベラへ目を向ける。彼女は歯を喰いしばった。

「こんな状況で【Lv：80】の魔物に挑むなど無謀過ぎる！　私はハウルロッド侯爵家に仕える騎士として、お嬢様を死なせるわけにはいかないのだ！」

「残念だが……お前のお嬢様は、部下を見捨てて逃げるつもりは毛頭ないらしいが」

俺は横目にスノウを見る。

彼女は剣を構え、戦闘態勢に入っている。ルーチェも戦うつもり満々のようであった。

「お、お嬢様……」

「イザベラ、スノウ嬢を守りたいなら死力を尽くして踏ん張ってくれ。俺とお前で、ポタルゲの攻撃を引き付けるぞ！」

「ええい！　こうなれば破れかぶれだ！　お嬢様が命を落とせば、貴様の判断を恨むぞ！」

イザベラがそう叫んだ。

俺は自分にポタルゲの目線が向いていることを確認してから、巨体の周囲を回るように左側へと走った。ポタルゲの首が俺を追って動く。

「ギュルッ！」

風の刃が飛来してきて、俺の真後ろの地面が砕けた。

〈シルフカッター〉だ。風属性の魔法スキルは厄介なものが多いが、その中でもレベル上を相手する際に特に注意しなければならないのが〈シルフカッター〉である。

単純にスキルの速度が速すぎる。

「今の間に……！　ぐあぁっ！」

俺とは反対に右から斬り掛かっていったイザベラが、ポタルゲの前脚の爪撃《そうげき》をまともに受けて弾き飛ばされていた。

ポタルゲに安易に接近するべきではなかったが、かといってイザベラを責められない。現状、余裕がなさ過ぎて、順当に戦えば敗北しかないのだ。分が悪くても勝負手に出続けるしかない。

「〈アイス〉！」

スノウの掲げた剣の先から氷弾が飛んで行った。

「ギュッ……！」

氷弾はポタルゲの顔面を捉えていた。目線が左側の俺に寄っており、かつ右側に回ったイザベラを攻撃しているため、ポタルゲの意識が分散しているいいタイミングだった。

スノウは魔術師クラスではない様子だったが……だとすれば、〈氷晶《ひょうしょう》騎士〉か。

その名の通り、氷魔法と剣術で戦うクラスだ。遠距離に弱いという剣士の弱点を魔法スキルで補いつつ、氷魔法で剣術に幅を作って戦う。

扱いは難しいが、上手く嵌《はま》れば強力なクラスである。

もっともスノウは今、足を負傷している上にＭＰがほぼ底を尽いているため、こうして補佐に徹するのが限界だろうが……。

隙を晒《さら》したポタルゲへと一気に接近していたルーチェが、ナイフを振るった。

「〈ダイススラスト〉！」

六の数字が宙に刻まれる。確定クリティカルヒットである。威力１・９５倍、防御貫通【50％】

の一撃が化け物の胸部を貫いた。

「ギィッ！」

ポタルゲが身体を引きながら、前脚を振り回して暴れる。ルーチェもまた、地面を蹴って背後へ跳んだ。

「やりましたよぅっ！　手応えありです！　これなら……！」

魔物：ポタルゲ
Ｌｖ：80
ＨＰ：６０３／７３４
ＭＰ：２３７／２７２

ポタルゲのＨＰに、ルーチェが一気に蒼褪《あおざ》めた。

「お、思ったより減ってない……！」

そう……ポタルゲは防御力が高いのだ。他の三人で隙を作って、一番身軽なルーチェが大打点スキルの〈ダイススラスト〉を成功させても、六分の一程度しか削れていない。

おまけにポタルゲは自動回復力が高いため、スパンが開けばこの程度のダメージはすぐに回復し、また元通りのＨＰになってしまう。

4

「ギュルルルル！」

ポタルゲが前脚の鉤爪を振るい、倒れたままのイザベラを狙う。

俺は素早く彼女の前に出て、盾の表面で鉤爪の攻撃を受け流した。だが、殺し切れなかった衝撃が響いてくる。

「ぐぅっ！　早く立て、イザベラ！」

続くポタルゲの攻撃を、俺は剣で弾くように捌《さば》く。

「〈パリィ〉！」

奴の鉤爪が俺のすぐ横の床を抉《えぐ》る。この隙に反撃に出ようかと思ったが、俺の機動力では反撃が間に合わない。リーチが違い過ぎるのだ。

スカルロードのときよりはレベル差は開いていないし、魔法型の分、攻撃力と素早さが控え目のためどうにか形にはなっているものの、それでもジリ貧だ。

「ク、クソ！」

イザベラが立ち上がり、剣を構えてポタルゲへ接近した。ルーチェもまた、彼女の動きに合わせるようにポタルゲの足許へと駆けて、死角へ回り込もうとする。

「ギュウウウ……！」

ポタルゲの頭上に大きな魔法陣が展開される。次の瞬間、暴風が吹き荒れた。

「ぐっ！　これは風魔法……〈ガスト〉か！」

俺は吹き飛ばされそうになったが、背を丸め、床に刃を突き立ててその場に踏み止まった。

「ぐうっ！」

「きゃあっ！」

だが、後方にいたスノウはどうにか耐えられていたものの、イザベラとルーチェは駄目だった。

風に投げ出され、部屋の隅へと飛ばされていく。無理もない……重騎士の俺でさえ、どうにかその場に留まるのが限界なのだ。

「接近した状況をリセットされた……！」

これで時間を稼がれている間に、ポタルゲが回復する。その間、俺達ばかりが一方的にＨＰを消耗させられていく。

勝ち筋があまりに細すぎる。

……現状、俺とイザベラが盾役になり、スノウが後方より魔法攻撃で気を逸らし、ルーチェが隙を突いて〈ダイススラスト〉を当てるしかない。

ただ……この戦法で、タフなポタルゲ相手に押し切れる気が、俺にはどうにもしなかった。

俺も〈死線の暴竜〉で一気に攻めるべきか？

いや、盾役二人で気を引くのが現状精一杯だ。俺が攻撃に出ても、盾役が減った状態では、ルーチェも俺もまともに攻撃ができなくなる。

短期決戦を仕掛けるのは、タフで立ち回りの堅いポタルゲ相手には苦しい。倒し切る前に、最低でも俺かルーチェのどちらかは命を落とすことになる。

「ギュルルルル！」

暴風に対して一人残った俺へと、ポタルゲが鉤爪での攻撃を仕掛けてくる。重さに耐えられず盾が逸れたところに、至近距離より〈シルフカッター〉を叩き込まれた。

「ぐぁっ！」

俺は鎧《よろい》で受けることになり、後方へと飛ばされた。胸部に、鈍い痛みが走る。

ポタルゲは、ＨＰ、防御力が高く、行動パターンも慎重で堅い。まるで奴の守りを崩せる気がしなかった。この状況を覆すためのピースが足りない。

「クソ……せめて〈死神の凶手〉があれば、まだ勝算があったのに」

元々俺とルーチェはその〈技能の書《スキルブック》〉が欲しくてここへと訪れていたのだ。あのスキルツリーがあれば、ルーチェの攻撃面の性能が大幅に上がる。

そうすれば短期決戦狙いで一気に仕掛けることができただろう。もしもグリムリーパーからドロップしていれば、ここまで苦しい戦いを強いられることはなかったはずだ。

「〈死神の凶手〉……？」

イザベラが反応した。

「あ、あります！　それでしたら、私が持っています！」

スノウが叫んだ。

「なっ……！」

確かに……スノウ達は、俺達より長く狩りをして回っていたのだ。

恐らくは、昨日か一昨日から。その点を考えれば、彼女達がグリムリーパーより〈死神の凶手〉の〈技能の書《スキルブック》〉を入手していてもおかしくはなかった。

「頼む、それをルーチェへ渡してくれ！　金なら、相場の何倍でも後で払ってみせる！」

俺はポタルゲの鉤爪を〈パリィ〉で死に物狂いに捌きながら、そう叫んだ。

「道化師の方……これを！」

スノウは迷いなく〈魔法袋〉より一冊の本を取り出し、素早くルーチェへと投げた。

ルーチェがその本を手で摑《つか》む。恐らくあれが〈死神の凶手〉の〈技能の書《スキルブック》〉なのだ。

「こ、これが、〈死神の凶手〉……！　エ、エルマさん！　あのあの、こっこれって、どうやって使ったら……！」

ルーチェが〈技能の書《スキルブック》〉を手に、困惑したようにそう口にする。

「〈技能の書《スキルブック》〉にマナを込めるイメージだ！　〈攻撃力上昇〉を消してスキルツリーに加えたら、スキルポイントを全て振ってくれ！」

ここに入る前のルーチェは【Lv：64】だった。恐らくあれから、レベル三つ、四つ程は上がっているはずだ。

スキルポイントは【20】以上余っている計算になる。それだけあれば、充分〈死神の凶手〉の序盤のスキルを入手できる。

「は、はいっ！」

ルーチェの手許が光る。そして同時に、彼女が手に持つ〈技能の書《スキルブック》〉が、光の粒子となって消えていった。

ルーチェが〈死神の凶手〉を手に入れた証である。いつかは絶対に取得したいと考えていたが、まさかこんな形で入手することになるとは思わなかった。

> 〈死神の凶手〉のスキルツリーを取得できる。
> 研ぎ澄まされたその刃には死神が宿る。
> ただ一振りで命を奪う、絶死の凶刃。
> 狙った獲物を決して逃がしはしない。

〈死神の凶手〉の〈技能の書《スキルブック》〉の説明文である。

〈死神の凶手〉はクリティカル攻撃の強化を中心としたスキルツリーだ。普通に使っても強いが、安定性に欠くため採用率はさほど高くない。

だが、桁外れに高い幸運力と、出目次第でクリティカルを確定させる〈ダイススラスト〉のスキルを有しているルーチェがこのスキルツリーを得れば、その意味は大きく変わる。

俺はこの瞬間、既に勝利を確信していた。

「土壇場なのは不安だが、一気に決めるぞルーチェ！」

5

「確かにこのスキルがあったら、行けるかもしれません……！」

〈死神の凶手〉を得たルーチェがそう口にした。

「時間が経てば経つほど不利になる！　一気に畳み掛けるぞ！」

俺はポタルゲへと刃を向ける。

ルーチェがポタルゲ相手に致命打を狙えるようになった以上、チンタラ戦っている意味はない。

こっちの陣形が崩れる前に火力で押し切ってやる。

「わ、私はどうすればよいのだ！」

イザベラは必死に盾を構えながら、俺へと視線を向ける。

かなり不安そうな様子であった。彼女も残りＨＰは相当厳しいはずだ。あと数回ポタルゲと接触すれば、もう命はないと考えているのだろう。

「さっきまでと変わらない。俺とイザベラで盾を務めて、ルーチェが叩く。だが、安心してくれ、ここからは短期決戦だ、長引くことはない！　ここからはもう、ＭＰの出し惜しみは無しだ！」

　こちらの陣形が崩れる前に速攻でポタルゲを叩く。

「だったら……〈斬撃波〉！」

　イザベラが剣を振るう。斬撃が実体を伴い、ポタルゲを斬りつけた。

「ギュル……！」

　ポタルゲの意識がイザベラに向いた瞬間、俺は一気に距離を詰めた。

　ポタルゲの前脚の鉤爪が俺を踏み潰そうとする。

「〈パリィ〉！」

　鉤爪に刃を打ち付けて弾く。

　攻撃は逸らせたが、タイミングは完璧ではなかった。腕が痺《しび》れ、俺は体勢を大きく崩すことになった。

「しくじったか……！」

　ポタルゲの逆の鉤爪が飛んでくる。俺は大盾を構え、鉤爪へと押し付けるように突き出した。

「〈シールドバッシュ〉！」

　数秒競り合った後、俺は背後へと大きく弾かれた。

「ぐぅっ！」

〈シールドバッシュ〉は【防御力＋攻撃力／2】の値で競り合うスキルだ。この値には盾の値も乗るため、推奨装備レベルの馬鹿高い〈屍将の盾〉を装備している俺の方がさすがに防御力は上回っているはずだが、攻撃力の差を補い切ることはできなかったらしい。

ただ、負けたのは大した問題ではない。自身を後方へ弾いて、ポタルゲの間合いから逃れて追撃を防ぎつつ態勢を立て直すことが狙いであった。

それに、予想以上の収穫もあった。

「ギュルルル……」

〈シールドバッシュ〉の押し合いはかなりの僅差であったらしく、ポタルゲの前脚を大きく弾くことにも成功していた。その隙に充分、ルーチェは接近に成功していた。

「ギュウウ！」

ポタルゲの嘴《くちばし》の先に魔法陣が展開される。風魔法でルーチェを狙うつもりだ。

恐らくは発動の早い〈シルフカッター〉だ。ルーチェが腰を落とし、大きくナイフを引いた。

「〈竜殺突き〉……！」

あれは〈死神の凶手〉の【7】で取得できるスキルだ。

クリティカル狙いの、大振りの一撃を放つ。

予備動作は大きいが、クリティカル率を大幅に上昇させてくれる。一か八かのギャンブル性の高いスキルではあるが、〈ダイススラスト〉よりは遥《はる》かに安定性が高い。ルーチェの幸運力が合わされば、まともに当たりさえすればクリティカルはほぼ約束されたも同然である。

「竜殺系……悪くないスキルだが、あの化け物を相手取るには、彼女の攻撃力は根本的に低すぎる。クリティカルを取れても決定打には……」

イザベラが口にした、そのときだった。ルーチェが刃を突き刺した部位に、髑髏《どくろ》の形をした紫の光が浮かび上がった。

「ギュイイイイイ⁉」

ポタルゲが目を見開く。

次の瞬間、傷口が一気に広がり、大量の血が噴出する。ポタルゲの巨体が、背後へ大きく退いた。

「な、なんだ今の……馬鹿げた威力は！」

イザベラが叫ぶ。

〈死神の凶手〉の【14】……〈奈落の凶刃〉である。

〈奈落の凶刃〉【特性スキル】
クリティカル成功時の攻撃力を二倍にする。

クリティカルダメージの倍増である。単純ではあるもののとんでもない効果だ。

〈死神の凶手〉が安定こそしないものの凶悪なスキルツリーだと恐れられる最大の理由である。発動条件が恐ろしく限定的ではあるものの、クリティカル時の１・５倍が３倍へと変化するのである。格下の一撃であったとしても致命傷になり得る。

魔物：ポタルゲ
Lv：80
HP：436／734
MP：213／272

ポタルゲのHPが大幅に減っていた。

最初にルーチェが与えた〈ダイススラスト〉の攻撃はほとんど自動回復されていたため、その分を考慮すると【２００】以上のダメージが入ったことになる。

行ける……このペースであれば削り勝てる。

「ギィィイイイ！」

ポタルゲが床を蹴って、翼を広げる。そのまま天井近くで滞空を始めた。

「な、なんだ、動かなくなったぞ……？」

イザベラが困惑したようにそう言った。

「もしかして、今の一撃に恐れをなしたのか？　フ、フン、〈夢の主《マスター》〉にも恐怖心があったとはな！　だが、これで逃げられるかもしれん！」

「……いや、違う」

やっぱりゲーム時代よりも魔物が賢くなっている。

状況がマズい。ポタルゲは自動回復である程度傷が癒えるまで、接近攻撃の届かない空中に留まるつもりらしい。

だが、俺達を逃がすつもりなど、毛頭ないはずだ。こちらに高火力の魔法クラスがおらず、ＭＰも全員底をつきかけていることを理解している。仮にこちらが逃げても、距離を保ったまま追い掛けてくるだろう。

まさか〈夢の主《マスター》〉が、飛行能力と自動回復量の差を活かして、逃げ回って俺達を殺し切ろうとするとは。

こんな厭《いや》らしい遅延戦法を仕掛けてくる魔物は〈マジックワールド〉では存在しなかった。

「ギギ……ギギギギ……！」

ポタルゲは大きな口の端を吊《つ》り上げて、悪意に満ちた笑みを浮かべていた。

「〈アイスピラー〉！」

スノウが声を上げる。氷の柱が、ルーチェのすぐ横に出現した。

「私を信じて行ってください！」

スノウが続けて叫ぶ。

スノウのクラス……氷晶騎士。

魔法で氷弾を打ち出せるのは、あくまでおまけのようなものだ。その本質は、自在に足場を作り出して、戦闘の立ち回りの幅を広げ、相手の意表を突くところにある。

6

「ありがとうございます、スノウさん……！」

ルーチェは氷の柱を垂直に駆け上がる。

〈曲芸歩術〉のスキルである。これで天井付近へ逃げたポタルゲへと、一気に距離を詰められる。

……だが、そう簡単には行かない。

これまでも魔物の知性の強化を感じることはあったが、ポタルゲはその中でも別格だ。システムの存在とその仕様を理解し、時として逃げることが最大の攻撃になることを知っている。

魔法型のポタルゲに対して、細い足場を一直線に駆け上がって接近するのは悪手だ。

ポタルゲの顔の前に、大きな魔法陣が展開される。

「逃げろルーチェ！　奴は柱諸共吹き飛ばす気だ！」

「ギュルルルル！」

雷が氷の柱目掛けて落ちる。

風魔法のスキル……〈サンダーストーム〉だ。

発動は遅く、ＭＰ消費も大きいが、広範囲かつ高火力。今のように足場ごと敵を吹き飛ばすには持って来いのスキルだった。

「ううっ……！」

ルーチェは柱を蹴り、空中へ逃れた。

「〈フロートリフト〉！」

スノウが素早く、次のスキルを放つ。ルーチェが逃れた先に、小さい氷の足場が展開された。

「わっ……！」

ルーチェが綺麗《きれい》に、その上に立った。

「ギュッ……！」

ポタルゲが眉間に皺《しわ》を寄せ、彼女を睨みつける。

〈サンダーストーム〉でルーチェを倒し切れると踏んでいたのだろう。仕損じた挙げ句、接近を許したことを焦っているようだ。

タイミングも魔法制御も完璧だ。天才剣士と呼ばれているだけのことはある。狡猾で腹黒いという前評判は驚くほど当てにならなかったが、こちらはどうやら本当だったらしい。

「行ける……これなら、仕留めきれる！　〈ライフシールド〉！」

俺は走りながらスキルを発動した。

俺の生命力が実体化し……光の壁となって全身を包んでいく。最大ＨＰの二割を支払い、自身の身体を守る盾にするスキルだ。

〈死線の暴竜〉【特性スキル】
残りＨＰが20％以下の場合、攻撃力・素早さを【１００％】上昇させる。

〈死線の暴竜〉が条件を満たす。

身体を赤い光が覆い、一気に速度が上昇する。俺が目指すのはポタルゲの真下だ。

「〈竜殺突き〉……！」

ルーチェが氷の足場を蹴って、ポタルゲへとナイフを突き出す。

「ギュウウウウ……！」

それを撃ち落とすべく、ポタルゲは魔法陣を紡ぐ。

発動速度に定評のある〈シルフカッター〉だ。氷晶騎士であるスノウが足場を作り、道化師であるルーチェがそれを活かしきってポタルゲへ一気に接近した。

見事な連携だったが、元より上を取って、接近する相手を撃ち落とせばいいだけのポタルゲの方が、遥かに有利な盤面だったのだ。〈シルフカッター〉の発動の方が一瞬早い。

「〈影踏み〉！」

俺は全力で、ポタルゲの影を踏みつけた。

「ギィッ⁉」

ポタルゲの巨体が上下する。

〈影踏み〉は距離が開きすぎていれば効果が薄い。ステータスの差が大きすぎると、強引に振り解かれることもある。

だが、一瞬体勢を乱して、嫌がらせをするにはそれで充分だった。特に今……ポタルゲの意識は、完全に迫りくるルーチェへと向いていたのだ。意識外から急に引っ張られるのは、さぞ効いたはずだ。

ポタルゲの放った〈シルフカッター〉は軌道がズレて、ルーチェを掠《かす》め、氷の足場の方を粉砕した。

ルーチェの〈竜殺突き〉が、ポタルゲの首を突き刺した。〈奈落の凶刃〉の髑髏の光が広がる。

首許の肉が爆《は》ぜ、血が舞った。

「ギイアアアアアアッ！」

大ダメージを叩き込まれたポタルゲが、一直線に落下してくる。それは死に物狂いでルーチェから逃げようとしているようでもあった。

「まだまだ動き回れるなんて、本当にタフな奴だよ」

俺は落下してくるポタルゲへと刃を構える。

「〈不惜身命《ふしゃくしんみょう》〉！」

赤い光に、新たに青白い光が加わる。

〈不惜身命〉【通常スキル】
残りＨＰが50％以下の場合のみ発動できる。
防御力を【０】にし、減少させた値の分だけ攻撃力を上昇させる。
発動中はＭＰを継続的に消耗する。

これで準備は整った。

「ギイッ！」

ポタルゲは崩れた体勢から強引に身体を捻り、俺へと鉤爪の一撃を繰り出す。

確かにその爪は俺を捉えたが、威力が充分に乗っていない。奴の爪撃は、俺の〈ライフシールド〉を崩すのがやっとであった。

大きな隙を晒したポタルゲへ、〈死線の暴竜〉と〈不惜身命〉の合わせ技の剣をお見舞いする。

ポタルゲの巨体を勢いよく床へと叩き落とす。ポタルゲ越しに、刃の威力で床に亀裂が走った。

「ギイアアアアアッ！」

それが奴の最期の叫びとなった。

【経験値を６７２５取得しました。】

【レベルが72から74へと上がりました。】

【スキルポイントを2取得しました。】

〈幻獣の塔〉の〈夢の主《マスター》〉、ポタルゲを打ち倒すことができた。

俺は剣を床に突き立てて身体を支え、二つのスキルを解除した。身体を纏っていた二色の光が消える。

少々危うかったものの四人共無事である。

「お、終わった……よかった……」

イザベラはへなへなとその場に座り込んだ。

戦いが終わったという安堵《あんど》で力が抜けたらしい。それからすぐにポタルゲの亡骸《なきがら》へと目を向けて、顔を青くしていた。

「しかし……なんだ、今の、馬鹿げた威力は。こんな隠し玉を持っていたとは……き、貴様、何者なのだ……？」

「ちょっとした荒技でな。あまり気軽に使えるものではないが」

7

「スノウお嬢様……ご無事で何よりです……。あの化け物が襲撃してきたときには、もうお終いかと思いました……」

イザベラがスノウの許《もと》へと駆け寄って涙ぐむ。

「前衛で戦っていたのは、イザベラとあの方々ではありませんか。本当に……無事でよかったです、イザベラ」

「勿体《もったい》ないお言葉です、お嬢様！」

スノウが俺達の方を向く。

「御二方も、本当にありがとうございました。貴方《あなた》は命の恩人です。深く感謝しております。また日を改めて、謝礼の場を設けさせてください」

スノウは俺達の前へと出て、丁寧に頭を下げる。

「お互い様だ。俺とルーチェだけだったら、あの厄介なポタルゲは倒しきれなかった」

「元よりあの〈王の彷徨《ワンダリング》〉は、私達を狙い引き起こされたもの。貴方方はそこに巻き込まれただけ……」

「スノウ様、ちゃんと話せたんですね。てっきりアタシ、あがり症なのかと思っちゃってました」

スノウの言葉に、ルーチェが口を挟む。

「あ……ごめんなさい、遮ってしまって。どうぞ、スノウ様」

ルーチェがあわあわと手を振る。

「わ、私、えっと……私……じゃなくて。そ、そう、貴方方は巻き込まれただけで……えっと……」

スノウが顔を赤くして、パクパクと口を開閉する。

「お、お嬢様が喋《しゃべ》っていただろうが！　なぜ遮った小娘！　せ、せっかく、止まらずに話せていたのに！」

イザベラが顔を青くしてスノウの前に出る。

「ごめんなさい、ごめんなさい！　ア、アタシ、つい気になってしまって……！」

スノウがそっとイザベラの籠手《こて》を摑み、彼女の背後に隠れる。

「お嬢様、大丈夫ですか？　ここから立て直せますか？」

イザベラは背を屈めてスノウと顔を合わせ、彼女の肩を手で摑む。スノウは少し呼吸を整えた後、ちらりと俺達の方へと目をやり、顔をまた赤くして伏せた。

「ごめんなさい、イザベラ……」

ルーチェは気まずげな顔でスノウとイザベラのやり取りを見ていた。まさか軽々しく口を挟んだばかりに、こんな結果を招くとは思っていなかったのだろう。

「……しかし、お前達、〈夢の主《マスター》〉の討伐に慣れているようだったが……何度目だ？」

イザベラがちらりと俺の方を向いて、そう尋ねてきた。

「これで四度目だな」

特に隠す必要はない。〈天使の玩具箱〉のエンブリオ、〈百足《ひゃくあし》坑道〉のデスアームド、〈嘆きの墓所〉のスカルロード、そして今回の〈幻獣の塔〉のポタルゲで四度目だ。

「よ、四度目だと⁉　慣れているとは思っていたが、ここまでか……」

イザベラが頭に手を当てて、息を吐く。

「四度もこのような戦いを……凄い……」

スノウも口を開けて、呆気にとられたように俺とルーチェを見つめていた。

「ま、まぁ、ウチのお嬢様も三度目だがな！　……内の二回はその、二十人近く侯爵家の兵が付いていたが」

「イザベラ……恥ずかしいからやめて」

スノウが小声でイザベラをそう止める。

スノウはハウルロッド侯爵家の次期当主候補筆頭の地位を盤石にするべく、実績作りに奔走している、という話であった。どうやらその一環らしい。

〈夢の穴《ダンジョン》〉を踏破して都市を魔物から守った、という功績が欲しかったのだろう。

「しかし、そうか……今回は暗殺者がお嬢様を狙って嗾《けしか》けてきた〈夢の主《マスター》〉を、あっさりと撃退した……という形になるのか。フフ、危なくはあったが……災い転じて福となす、だ。これで普段散々私達の陰口を叩いている、ハウルロッド侯爵家の親族連中を黙らせることができる」

イザベラがニヤリと笑う。

た、逞《たくま》しい……。まぁ、きっとそのくらいの気概でいなければ、ハウルロッド侯爵家の次期当主候補の身としてはやっていけないのかもしれないが。

「あっ……！　エルマさん、今回もありましたよぅっ！」

ルーチェがパッと表情を輝かせて、ポタルゲの遺骸へと駆けていく。

ポタルゲの遺骸はマナが分散し、肉体が既にスカスカになっていた。その中に、一本の金属の大《おお》槍《やり》が落ちている。銀色を基調とした槍に、緑で鳥の模様が入っている。

ルーチェが大槍を掲げて俺達の許へと戻って来た。

「これっ！　なんだか強そうですよ！　……残念ながらまぁ、槍なんで、アタシもエルマさんも使えないんですけれど」

さすがルーチェの〈豪運〉だ。こんなときでも、きっちりボスドロップを逃さない。

「ドロップアイテム……？　〈夢の主《マスター》〉からドロップするとは、ラッキーではないか」

イザベラが嬉《うれ》しそうに口にする。

俺もルーチェの持ってきた大槍を確認する。


〈鳥王《ちょうおう》の槍〉《推奨装備Lv：75》

【攻撃力：＋35】

【市場価値：四千万ゴルド】

強い風の力を帯びた大槍。

武器スキル〈嵐流槍《らんりゅうそう》〉を持つ。

マナを込めながら振るうことで、強風を巻き起こすことができる。


いい武器だが、確かに俺達には扱えない。

不慣れな武器は事故の元だ。武器スキルが面白いので持っておくのはアリだが、わざわざこの武器を使い分けるような状況はちょっと想像が付かない。

売却用に資産として持っておく、という扱いになるだろう。四千万ゴルドは大きい。

「……そういえば、イザベラ。あの〈死神の凶手〉……いくらだったんだ？」

俺は恐る恐る、イザベラへと尋ねた。

ピーキーでこの世界ではあまり評価されていない、〈燻《いぶ》り狂う牙〉の〈技能の書《スキルブック》〉でも市場価値で三千万ゴルドだったのだ。

わかりやすく強く、レア物である〈死神の凶手〉の〈技能の書《スキルブック》〉は、いったいいくらになることか……。

それに、市場価値で取引してくれるかどうかも、スノウ達次第なのだ。最低でも八千万ゴルド……下手したらその倍は行きかねない。

「物は相談だが、エルマ。この槍を我々に譲り、それでチャラ……というのはどうだ？」

イザベラがそう提案してきた。

「い、いいのか……？　あれ、下手したら一億ゴルドくらいしたんじゃないのか？」

「そっ、そんなにするものなんですかぁ!?　ア、アタシ、使っちゃいましたよう!?」

俺の言葉に、ルーチェが顔を真っ青にする。

「ごめんなさい！　その……アタシ、吐き出しますから！」

ルーチェが自身の首許を押さえる。

「いや、吐き出せるものではないんだが……」

「不本意ではあるが……お前達は、命の恩人だ。それに我々としても……〈幻獣の塔〉の〈夢の主《マスター》〉を討伐した、わかりやすい証が欲しいのだ。〈鳥王の槍〉はそれにぴったりだ」

なるほど、アピールに使いたい……ということか。

「そういうことなら……それでいいか、ルーチェ？」

「は、はい！　一億の負債とかになったら、とんでもないですし……！」

……まぁ、物資で補っていいなら、一億ゴルドならどうにかなるんだがな。

この〈幻獣の塔〉で乱獲したグリムリーパーからドロップした、〈魂刈りの大鎌《ハズレの方》〉も四本あるのだ。これだけで六千万ゴルド分である。

「……イザベラ、〈鳥王の槍〉は受け取らないことにしましょう」

　スノウが口を挟んだ。

「お、お嬢様⁉　何故ですか！　この槍があれば……！」

「彼らは命の恩人……それに、侯爵家の争いに巻き込んで迷惑を掛けたのです。そこで使ったアイテムの金銭を盾にするわけにはいきませんよ。それに……私達は実績作りに拘泥《こうでい》して、本質を見失っていたかもしれません。まずは、私はもっと……次期当主候補として、実力を磨かなければ」

「し、しかし、次期当主の座を狙い、汚い手を使って来る者達もいます！　今回の騒動も、恐らくはその手のもの……！　綺麗ごとだけではハウルロッド侯爵家は守れませんよ！」

「イザベラ……私、冒険者の真似事や、戦いは、あまり好きではありませんでした。父様の期待に応え、母様の立場を守る……単にその手段としてしか捉えていなかった。でも……後衛として見せていただいた、エルマさんとルーチェさんのお姿……とても格好よかったです。私と同じ年頃で、あそこまで勇敢に戦える人達がいるとは思いませんでした」

「スノウお嬢様……」

「天才だのと持て囃《はや》され、実力は充分なのだろうと自惚《うぬぼ》れていました。一から自分を見直して、鍛え直したいんです。それに……汚い手口を使って来る者程度、実力で跳ね除けられないと、ハウルロッド侯爵家の次期当主は務まらないと思うんです。綺麗ごとだけでは政治は上手くいかないことはわかっています。でも、私は、実力で認められて次期当主になりたい。その道が決して楽でなくても」

「お嬢様のお覚悟、しかと承りました。確かに恩人から、託したアイテムの対価を要求しようなど……お嬢様の代弁者として、私の考えが卑屈でした。お嬢様が成長なされたこと、イザベラは嬉しく思います」

イザベラはスノウへと頭を下げた後、俺達の方へと向き直った。

「……ということでだ、エルマ！　その大槍、口止め料込みで我々に四千万ゴルドで売ってもらえは……痛い痛い痛いお嬢様！」

スノウがむすっとした表情で、イザベラの鎧の隙間を抓《つね》っていた。

8

〈夢の主《マスター》〉であるポタルゲを討伐したことで〈夢の穴《ダンジョン》〉の崩壊が始まり、全てが白い光に包まれて消えていった。景色が一転し、俺達四人は〈幻獣の塔〉の入り口であった、森奥の崖壁前へと立っていた。

「……私達以外には誰もおらず、か。犯人が間抜けにも〈夢の穴《ダンジョン》〉に残ってくれていれば、話は早かったのだがな」

イザベラが周囲へ目を走らせ、溜《た》め息《いき》を吐く。

もしポタルゲの〈王の彷徨《ワンダリング》〉を引き起こした人間が〈夢の穴《ダンジョン》〉内にいれば、俺達と並んでこの辺りに現れているはずだった。ただ、そんな間抜けな証拠を残してくれるような相手ではなかったらしい。

「……本当に私の親族なのでしょうか。確かに皆さん、次期当主となるために命懸けで研鑽《けんさん》しておられます。私を疎んでいる方だっています。でも、このような真似に出るなんて」

スノウが信じられない、といった調子で口にする。

「お嬢様……人の本心など、わからぬものです。わかりやすい悪党など恐るるに足りません。しかし、本物の下衆《げす》こそ、それと悟られぬように厚い仮面を被るもの」

「しかし、これまでハウルロッド侯爵家の家督争い絡みでここまでの凶行など、行われたことがありませんでした」

「他の当主候補の仕業ではなく、彼らを擁立する者の中によからぬ輩が紛れ込んでいるのかもしれませんね」

イザベラとスノウが、此度《こたび》の〈夢の主《マスター》〉を用いた暗殺未遂について話し合っている。

今回の事件、ポタルゲの動き方次第であったために失敗する可能性もあったはずだが、その分犯人を絞ることが非常に難しい。

なにせ〈夢の主《マスター》〉が消えてしまえば、全てが無に帰す〈夢の穴《ダンジョン》〉内での犯行だ。証拠など、残るわけがない。

「徹底してますよね……。山賊を嗾けて消耗や負傷を誘って、〈夢の主《マスター》〉を誘導するなんて。貴族間の争いって、どこもこうなんでしょうか？」

ルーチェがちらりと俺を見る。

「どうだろうな……」

実力不足と見做《みな》されて追い出された俺が言うのもなんだが……エドヴァン伯爵家では、このような争いは俺が知っている限りはなかった。

元々エドヴァン伯爵家は、過去の当主の実力頼りで今の地位を築いてきた。貴族の中では政治に関しては疎い方であるし、他の伯爵家と比べれば影響力もさして大きくはない。

対してハウルロッド侯爵家は、王国内において五本の指に入る大貴族である。その分、しがらみや内輪の争いの苛烈さも比ではないだろう。

加えて、俺には別の疑問もあった。

この〈夢の穴《ダンジョン》〉を熟知した手口に、一切姿を現さない周到さ……。

〈嘆きの墓所〉での事件と同じだ。同一犯だと考えるべきだろう。

元々ハウルロッド侯爵家が怪しいという話ではあったし、今回も侯爵家の内輪揉《も》めに用いられたようなので、筋は通っているといえる。

しかし、周到な犯人の割に、目的に一貫性がないように感じるのだ。

何となく誘導されているような、気色の悪さがあった。

俺は崖上を見回すが、気に掛かるようなものは見つからない。

「どうしましたかぁ、エルマさん？　何か気になるものでもありましたか？」

ルーチェが手で双眼鏡を作り、俺の視線を追う。

「普通……侯爵家の令嬢狙ってこんな大事件を引き起こしたら、その顚末《てんまつ》くらいは確認したがると思ったんだ。安全に隠れて様子を見るなら、あの崖の上だろうと思ってな」

「なるほど……」

生死なんて、放っておいても後でわかることだ。しかし、それでもここまでのことをしでかせば、直接確認したくなるのが人間というものだろう。ましてやここは、崖の上なんていう、安全なポジションまで用意されている。

なのに、全く人の気配がない。僅かでも余計なリスクは取りたくない、ということか。徹底している。

「不気味な相手だ」

確かに存在していることは明らかなのに、その正体の輪郭だけがぽっかりと穴が開いているようだ。

「えっと、あの……イザベラ」

スノウがイザベラへと手招きする。イザベラが彼女へと耳を寄せる。

「ふん、ふんふん、なるほど……はい、承りました」

イザベラがすっくと背を伸ばし、俺達の方を見る。

「エルマ、お前達が心配することではない。此度の犯人は、私達侯爵家が決着を付けねばならない問題だ。お前達はお嬢様の命の恩人……改めて、礼を言わせてもらう。一冒険者に助けられたなど、次期当主として恥だが……それが今の己の現状と受け止め、精進に励みたい……と、お嬢様は仰られている」

「あ、ああ……うん、どうも……」

そうした言葉は、直接言ってもらいたいものだが……。

スノウは侯爵家に相応しい、誇りと信念を持つ実力者なのだが……天は二物を与えずというか、何故対人能力だけこうも低いのか。

スノウはイザベラの背後で呼吸を整えていたが、覚悟を決めたようにきゅっと口を結ぶと、ばっと俺達の前に飛び出した。

「あっ、あの！　命を助けていただいたこともそうですが……私、ポタルゲを圧倒した御二方の姿に、感銘を受けました！　とても格好よかったです！　私も貴方方のように強くなって、ハウルロッド侯爵家の名に恥じぬ当主になりたいと、そう思いました！　ですから……その、本当にありがとうございました！」

スノウは顔を赤くしながらも、一気にそう口にした。言い終えたあとは、そっと逃げるようにイザベラの背後へと回り込んだ。

俺は彼女の様子に呆気に取られていたが、すぐに自分の口許が綻んでいることに気が付いた。

「ありがとう……ハウルロッド侯爵家の次期当主にそう言ってもらえて光栄だ」

イザベラの背後で表情を硬くしていたスノウだが、俺の言葉を聞いて相好を崩した。

「お嬢様がここまで心を開かれるとは珍しい……」

イザベラは嬉しそうにそう口にしていたが、ハッと表情を一変させ、スノウを守るように大きく前に出た。

「い、言っておくが、平民の身でお嬢様に手を出そうと思うなよ！」

ブンブンと腕を振り、指先を俺へと向ける。

「何を言っているのイザベラ⁉」

スノウが愕然《がくぜん》とした表情でイザベラを見る。

第三話　ハーデン侯爵

1

後日、俺とルーチェはスノウに招かれ、ハウルロッド侯爵家の館を訪れることになった。

〈幻獣の塔〉での事件について、改めて礼を言いたい、とのことであった。イザベラに連れられ、侯爵邸の廊下を歩む。

「こんな立派な建物、初めて来ました……。アタシ、浮いてないですか？　やっぱりエルマさんだけで来た方がよかったんじゃ……」

ルーチェがおどおどと周囲を見回していた。

「何を言うか。二人共、お嬢様の大恩人だぞ？　気《き》後《おく》れすることなど何もなかろう。それに……あまり大層なもてなしを期待されても困るぞ。今回の場に、当主様は一切関与していないからな」

ルーチェの様子に、イザベラが苦笑する。

「娘の恩人の歓待に、父であるハーデン侯爵様も顔を出すのが筋ではあるが……大変忙しい御方でな」

イザベラがやや申し訳なさげに口にする。

「ハーデン侯爵様は、娘であり、跡継ぎ候補の筆頭であるスノウ様に対しても冷たさが目立つ。体面や礼儀より実益を優先する御方で、元々こうした場にまともに出ることの方が珍しい。気を悪くしないでくれ」

「えへへ……アタシ、それを聞いてむしろ、ちょっと安心しちゃいました……。おっかない人だって聞いてたもので、顔を合わせたらどうしようかと……」

ルーチェが頭を掻《か》きながらそう話す。

俺としては、できればこの地の領主である、ハーデン侯爵とは顔を合わせておきたかった。

この都市ラコリナで頻発する、異常な〈夢の穴《ダンジョン》〉災害……そして、それを引き起こす〈哀哭《あいこく》するトラペゾヘドロン〉。

世界を脅かす災害である〈夢の穴《ダンジョン》〉を利用して、何か悪しきことを企てている人物がいることは明らかなのだ。放置しておけば取り返しのつかないことになる、という確信があった。

この辺りを探るには、俺はハウルロッド侯爵家について、あまりに情報が少ない。

ハウルロッド侯爵家は容疑者であると同時に、この都市を守る最大規模の戦力でもある。この場を利用して、頭であるハーデン侯爵と顔を合わせて、彼の様子を探りつつ、一連の事件に対する侯爵家の姿勢を確認しておきたかった。

「イザベラさん、ハーデン侯爵様って、すっごくおっかない顔をしてるって本当ですか……？」

ルーチェが声を潜めてイザベラへと訊《き》く。

「……ルーチェ、あまりそういう話を館の人間にするものじゃないぞ」

「ご、ごめんなさい、噂《うわさ》で聞いて、気になっちゃってて……」

イザベラは周囲をちらりと見て他に人間がいないことを確認すると、ニヤリと笑った。

「ああ、凄くおっかないぞ。とんでもない強面で、竜のような大きな口、悪魔のような尖《とが》った耳鼻、小鬼のようにギョロリとした目……。フフ、お嬢様が母親似の愛らしいお顔でよかったものだ」

イザベラが手をワキワキと動かし、ルーチェを脅かす。

……この人、意外とノリがいいな。ハーデン侯爵はスノウにもかなり冷たいようなので、イザベラとしてもあまり好きではないのかもしれない。

「こっちが客間で……」

イザベラは扉を開けながら、言葉を途切れさせた。

豪華なシャンデリアに、上品な長机が視界に飛び込む。……そしてその中央には、竜のような大きな口に顎、悪魔のような尖った耳鼻、小鬼のようにギョロリとした目玉を持つ、壮年の大柄な男が座っていた。

「あ……ハーデン侯爵様……」

ルーチェが顔を青くして呟《つぶや》いた。

「吾輩《わがはい》も、妻似でよかったと思っておる。美人だろう？　スノウは」

男がイザベラを見て、ニヤリと笑った。イザベラは顔を真っ青にして、パクパクと口を動かして

いた。

「どど、どうして客間に……？」

「いかんのか？　父親が、愛娘の歓待の場に顔を出しては」

「すみません、イザベラ。父様が、やはりエルマさんと話をしてみたい、と……」

ハーデン侯爵の傍らのスノウが、しどろもどろにそう口にした。

「座りたまえよ。キミと話がしてみたかったのだ、エルマ君」

「は、はぁ、どうも……」

俺はぎこちなく頭を下げた。

ハーデン侯爵と顔を合わせられたのは思わぬ幸運だったが、しかし、どうにも不気味な雰囲気の男だった。

聞いていたような冷酷な印象はない。飄々《ひょうひょう》としており、むしろ陽気で明るい人物にも思える。ただ、対峙《たいじ》しただけで、得体の知れなさを覚える。ただの人相の悪い、お茶目な父親というわけがない。

全員で席に着き、すぐに豪華な料理が運ばれてきた。

「エルマさん、エルマさん、アタシ、マナー合ってますか？　おかしなところあったら、言ってくださいね？　ね？」

ルーチェが不安げに、俺へとチェックを求める。

「そう硬くならずともよい。吾輩らしかおらんのだからな」

ハーデン侯爵が大きな口を開き、笑みを浮かべる。その後、自身の皿の上のステーキを切り、豪快に口へと運んでいく。

「は、はい……ありがとうございます」

ルーチェはぺこぺこと頭を下げてから、安堵《あんど》したように息を吐く。

「思っていたより怖い人じゃなさそうですね、エルマさん」

「……だといいんだがな」

明らかに、スノウとイザベラが萎縮している。

エドヴァン伯爵家では、父アイザスがよくハーデン侯爵の悪口を言っていた。自尊心が高く、底意地の悪い男だ……と。

ルーチェは平民であるし、俺も既にエドヴァン伯爵家より廃嫡された身である。ハーデン侯爵が平民である俺達に何かを仕掛けてくるとも考えにくいが、それを言えば、娘の恩人にわざわざ直接会いにくるような人物でもないと、イザベラからそう評されていたのだ。

多少身構えておいた方がいいかもしれない。

2

「娘のスノウを助けていただいたこと、感謝しているよエルマ君。近頃はこの都市ラコリナも物騒な事件が続いていかんね」

ハーデン侯爵がそう口にする。

「……ご心配お掛けいたしました、父様」

スノウが頭を下げる。

「いや、結構。次期当主候補たる者、命懸けでやってもらわねば困る。卑劣な手を使おうが、ただ運に恵まれただけであろうが、結果的に領民の支持を得て……かつ、生き残った者が吾輩の跡継ぎである」

ハーデン侯爵は、スノウの顔も見ずに、笑いながらそう口にした。

仮に跡継ぎ争いの余波で命を落とそうとも知ったことではない、という口振りであった。なんなら、スノウが生き残ったのはただの運だと、そう揶揄《やゆ》しているようでさえあった。

「ハーデン侯爵様は〈幻獣の塔〉の事件さえ……家督争いの一環として、許容なさっているということですか？」

「エ、エルマ、お前！　侯爵様に何ということを！」

イザベラが声を荒らげて俺を見た。

「よい、よい。そう大声を出すな。せっかくの飯が不味《まず》くなるではないか」

ハーデン侯爵はイザベラをあやすようにそう口にする。

「無論、調査は行う。裏工作とは発覚せぬからこそ意味があること。調べてすぐわかるような惚《ほう》けた暗殺を嗾《けしか》けた者が侯爵家におれば、吾輩が直接処刑してくれるわい」

ハーデン侯爵は目を細め、不気味な笑みを浮かべた。

「ただ、それも……侯爵家におれば、な」

「ハーデン侯爵様は、そうではないと考えておられると？」

「エルマ君……要するにキミは、ラコリナの一連の事件に対し、当主である吾輩がどのような認識を持っておるのか知りたかったのだろう？　直接訊くのは躊躇《ためら》われたから、吾輩の娘への言葉に義憤に駆られたように演じて軽く突《つつ》いてみた……といったところか。いかんな、エルマ君。人を試すような言葉は」

「……そのような意図は」

……概ね図星であった。

義憤を演じたつもりはないが、遠回りに窺《うかが》ってみようと考えて出た言葉ではあった。ハーデン侯爵は〈夢の穴《ダンジョン》〉を使った領地への攻撃に対して、ハウルロッド侯爵家がどの程度関与していると考えているのか、〈幻獣の塔〉の一件と結び付けているのか、それが知りたかったのだ。

ハーデン侯爵自身が黒幕ということも考えられる。

「フン、大方、ただの時間稼ぎであろうな。舐《な》めた真似をしてくれるわい」

「時間稼ぎ……？」

ハーデン侯爵の言葉の意図はわからなかった。

「心配せずとも、吾輩も〈嘆きの墓所〉での一件は重く見ておる。のう、エルマ君。あの事件……犯人は、どのような人物だと考えておる？」

「どのような……」

少し悩んだ。

白《しら》を切るべきか、正直に話すべきか。

例の事件の話にハーデン侯爵が切り込んできたのは俺としてもありがたいのだが、彼が潔白だという保証もないのだ。それに、俺が考えていることをハーデン侯爵に話すのは、危うい一面もあった。

ただ、ハーデン侯爵に直接訴えられる機会は多くはない。俺はこの事件……下手をすれば、王国の存続そのものを脅かすものだと考えていた。

〈夢の穴《ダンジョン》〉災害の兵器としての悪用方法が確立されれば、何が起こるのか分かったものではない。

ただでさえこの世界では、人類の生息圏は〈夢の穴《ダンジョン》〉に蝕《むしば》まれつつあるのだ。

仮に政治利用されて〈夢の穴《ダンジョン》〉災害が多発するようになれば、人類は足を引っ張り合って滅亡することになるだろう。

「……犯人は王国以上に〈夢の穴《ダンジョン》〉の情報を有しており、何かに利用できると考えている。一連の事件はその実験なのではないか、と」

「ほうほう！　それはつまり、代々高レベル〈夢の穴《ダンジョン》〉の蔓延《はびこ》るこの地を切り盛りしてきた、ハウルロッド侯爵家が怪しいと、そういうわけかな？」

ハーデン侯爵は愉快そうにそう話す。

ルーチェ、スノウ、イザベラの表情が凍り付いた。

「エ、エルマさん、エルマさん、マズいですよぅ……。ごめんなさいしておきましょう？」

ルーチェが不安げに俺の袖を摑《つか》み、小声でそう呼びかけてくる。

「もし、心当たりがあれば……と」

「心当たりがないわけではないぞ」

ハーデン侯爵がニヤリと笑う。

「王国を上回る〈夢の穴《ダンジョン》〉の情報……そう容易く得られるものではない。吾輩らも確かに占有している情報はあるが、とてもこんな真似は引き起こせんよ。吾輩も疑問なのだ。連中がどこで、こうした知識を手にしたのか。しかし、これと類似した現象が起きておる」

「……類似した現象？」

「あるとき突然……何かの天啓を受けたかのように、破竹の勢いで活躍を重ねる冒険者が現れたのだよ。いやはや、彼は何に導かれているのだろうな？　似ていると思わんかね？」

俺は面食らって、口を閉ざした。

それは、俺のことを言っているのか……？

恐らくハーデン侯爵は、〈嘆きの墓所〉で俺やルーチェが存在進化した〈夢の主《マスター》〉を討伐した件も、既に把握しているのだろう。

いや、その前の〈百足《ひゃくあし》坑道〉でのことも把握済みだと考えるべきか。

重騎士は〈燻《いぶ》り狂う牙〉のスキルツリーを得られなければ、ただのピーキーな盾クラスだ。

この世界では攻撃性能が低ければ、それだけでレベルアップの機会が大幅に減少する。知識のある大貴族程、突然急激に力を付けていき、奇妙なスキルを操る俺は、異様な存在として目に映るだろう。

そして事実、〈マジックワールド〉時代の攻略情報や解析データを有している俺は、その気になれば〈夢の穴《ダンジョン》〉災害を意図的に起こせるだけの知識はある。それは王国以上に〈夢の穴《ダンジョン》〉の情報を持っている、ということだ。

疑っていたからこそ、わざわざ俺と顔を合わせたかったのか……？

ハーデン侯爵は、そのギョロリとした目玉で、俺の表情をじっと観察していた。

しかしすぐに大きく口を開けて、声を上げて笑った。

「いや、なに、言ってみただけである。クク、誰にだって秘密や後ろ暗い面があるもの……邪推して見える点を繋《つな》げていけば、簡単にそれらしい形になる。あまり一度持った考えに囚われんことだ、エルマ君」

「は、はぁ……」

ハーデン侯爵は、何事もなかったかのように食事を再開する。冷めきった気まずい空気の中、彼だけが楽しげに肉を口にしていた。

俺に疑いを向けているというのが、どこまで本気だったのか全くわからない。

半ば本気だったのか、単に話を誤魔化すためだったのか、或《ある》いは侯爵家に対する邪推を口にする俺をからかっただけだったのか。

……父のアイザスがハーデン侯爵を嫌っていた理由がよくわかった。

頑固で融通の利かない厳格なアイザスと、捉えどころがなく狡猾《こうかつ》で意地悪なハーデン侯爵。二人の馬が合うわけがない。

アイザスも、散々いいようにされて、からかわれていたのではなかろうか。

3

「吾輩はキミを買っているのだよ、エルマ君。通常、〈王の彷徨《ワンダリング》〉から生還できる冒険者は稀《まれ》である。ましてやその土壇場で討伐するなど……どれほど珍しいことか。普通に〈夢の主《マスター》〉を討伐するのとはワケが違う。対策も準備も心構えも、ロクにできておらん状態で奴らの脅威に晒《さら》されるのだからな」

「……お褒めに預かり、光栄です」

この人に褒められても気が気ではない。先の俺を疑っていた言葉も、本当に冗談だったのか怪しいところだ。

「それに……あの人見知りのスノウが、恩人とはいえ自ら望んで客人を招くとはな、クク。変わったクラスだが、強さは申し分ない……。話したところ、随分聡明《そうめい》に見える。ウチに婿入りしないかね、エルマ君？」

ハーデン侯爵はニヤリと笑って、とんでもないことを口にする。この人、単にさっきから俺が困るのを楽しんでいるだけではなかろうか。

「……侯爵様、御戯れを。先程は一冒険者の身で出過ぎた事を口にしましたが、お許しいただきたい。例の件にはレイドで関わっていたため、気掛かりだったのです。からかうのはこのくらいでご容赦願います」

「んぐぅっ！　げほっげほっげほっ！　かはっ！　こほっ！」

俺が頭を下げる横で、ルーチェが激しく咽《むせ》ていた。

「とっ、とと、父様！」

スノウが顔を真っ赤にして、目に涙を滲《にじ》ませてハーデン侯爵を睨《にら》んでいる。恥ずかしさからか声が震えていた。

……なぜ直接爆弾を叩《たた》き込まれた俺よりも、ルーチェとスノウの二人が動揺しているのか。

「は、ははは……侯爵様、ご冗談が過ぎます。こんな平民と、次期当主候補筆頭のお嬢様を、そんな……」

「なに、廃嫡された身であるとはいえ、エドヴァン家の出なのであろう？　吾輩がちょいと力を添えてやれば、復縁も乗っ取りも思いのままであるぞ、エルマ君」

「なっ……！」

　ハーデン侯爵の発言に、つい言葉に詰まった。

　誤魔化そうかとも頭を過ぎったが、今更否定しても仕方がない。ハーデン侯爵も確証があってこう言っているのだろう。

　ギルド長のハレインとも親族であるため、彼女から俺のことをもっと前から聞いて、調べていたのかもしれない。

「……佇《たたず》まいや剣術に違和感があったが、お前、貴族の出だったのか」

　イザベラが目を丸くして俺を見る。

「別に俺は、自身の扱いについては納得できています。ハーデン侯爵様、あまり触れないでいただきたい」

「おお、そうか。それはすまないことを口にした。ふむ……キミはあの男に、もう少し文句を言ってやってもいい立場だと思うがな」

　俺は自分の眉間を軽く指で押さえた。割り切ったつもりだったが、あまり外から不《ぶ》躾《しつけ》に触れられて愉快な話ではない。

「では、話を変えて……わざわざ吾輩が、なぜ一冒険者のキミと話をしにきたかの、本題に入らせてもらうか」

「本題……？」

「どうせ吾輩の噂は散々聞いておったのだろう？　わざわざ娘の恩人に直接礼を言いたがるタイプではないと、知っておったであろうに」

〈嘆きの墓所〉での件で活躍した俺とルーチェを見に来たのではないか程度に考えていたのだが、しかしこの口振りから察するに、そういうわけでもないらしい。

「吾輩らとて遊んでいるわけではない。あの不気味な宝石をばら撒《ま》いて、〈夢の穴《ダンジョン》〉災害を引き起こしてくれた組織について、朧《おぼろ》げながらに摑めてきておる」

「〈哀哭するトラペゾヘドロン〉の件で、何か進展が……？」

だとすれば、ぜひ聞きたいところではある。しかし、そのことをわざわざ俺に打ち明ける理由が不明であった。

「ハ、ハーデン侯爵様！　部外の者に、あまりその話をしては不味いのでは……？」

イザベラが口を挟むが、ハーデン侯爵は彼女の方へは目も向けない。

「連中の目的は例の気味の悪い宝石を用いて、〈夢壊《ゾーク》〉を人為的に引き起こすことだと考えておる」

「〈夢壊《ゾーク》〉……えっと、〈夢の主《マスター》〉の二段目の存在進化……ですよね？」

ルーチェが不安げに眉を寄せ、俺の方へと目をやった。

以前の騒動の後、俺の口から耳にしたことを思い出したらしい。

どうやら、ハーデン侯爵は、俺と同じ答えに行きついたらしい。俺も確信こそ持てていないが、暗躍している奴らの狙いが〈夢壊《ゾーク》〉にあるのではないかと怪しんでいた。

「……正確には、〈夢の主《マスター》〉が二回存在進化を引き起こしたときに発生する、大災害だ。〈夢の穴《ダンジョン》〉が崩壊して、中の魔物達が外へと溢《あふ》れ返る。元の〈夢の主《マスター》〉のレベルにもよるが、仮にこの周辺でそんなことが起きて、対応を誤れば数千人規模の被害が出る」

「そ、そんな大規模な⁉」

ルーチェが大きく仰け反った。

「ほほう、やはり知見が広く、聡明だなエルマ君。吾輩らが学者を招き、過去の文献を漁ってようやく行き着いた答えであったというのに……その様子、既に見当を付けておったと見える」

しかし、考えてこそいたが、〈夢壊《ゾーク》〉が狙いだなんて思いたくなかった。

「〈夢の主《マスター》〉が二度目の存在進化を引き起こすための条件の一つとして、大量の高レベル冒険者を殺す必要があるとされておる。〈嘆きの墓所〉の事件では、奴らは調査のための大規模依頼《レイドクエスト》を逆に利用して、大量の冒険者を罠《わな》に掛けて〈夢の主《マスター》〉に捧《ささ》げ、〈夢壊《ゾーク》〉を引き起こそうとしたと推測しておる」

……ハーデン侯爵の推察は筋は通っている。

前回の件での、地図の改竄《かいざん》といい、〈夢の主《マスター》〉に冒険者を殺させること自体が目的であったとしか思えない点が目立つのだ。

「吾輩はもう一度、敢えて大規模依頼《レイドクエスト》を行って条件を整えてやって、連中を釣り上げるつもりだ。これで狙いが〈夢壊《ゾーク》〉にあることを裏付け……同時に、吾輩の領地で好き勝手にやってくれている馬鹿共を炙《あぶ》り出す」

　俺はハーデン侯爵の顔を見る。彼に先程までの飄々とした様子はなく、真剣な表情をしていた。

「そんな……危険すぎる。一歩間違えたらラコリナが滅びかねません」

「万全は期す。〈夢壊《ゾーク》〉を操ろうとしておる人間自体が危険過ぎるのだ。敵は狙いがバレた、正体が掴まれつつあると感じれば、ほとぼりが冷めるまで身を潜めるであろう。そうして次は、失敗を活かして確実に〈夢壊《ゾーク》〉を引き起こそうとする……。敵が釣れる間に、リスクを取ってでも暴いて潰さねばならん」

「それは、そうですが……」

「連中は必ず、前回同様大規模依頼《レイドクエスト》の妨害を試みるはずだ。キミ達には一般冒険者として参加して、裏切り者を見つけ出して騒ぎを起こす前に叩いてもらいたい。恐らくこれが、連中の尻尾を掴む最後の機会になるであろう」

「……他の信用のおける冒険者にも話してはいるのでしょうが、何故、俺達にもその話を？」

「なに、前回、連中の企てを破ったのはキミなのだろう？　実力があり、同時に信頼のおける冒険者ではないか。念のため揺さぶりは掛けたが、不審なようには見えんかったからな」

「は、はぁ……」

さっきから嫌なところばかり突いてくると思っていたが、俺に話すべきかどうか、俺の様子を見ながら考えていたのかもしれない。

「それに、何より、娘の恩人なのだからな。信じたくなるではないか、人の親として」

ハーデン侯爵は、先程までの硬い表情を崩して、ニヤリと笑ってそう口にする。

……本心なのか、ただのポーズなのか。或いは、軽口のつもりなのかもしれない。

しかし、〈夢の穴《ダンジョン》〉災害を誘発させる〈哀哭するトラペゾヘドロン〉が出てきた時点で嫌な予感はしていたのだが、ここまで胡散《うさん》臭い話になってくるとは思っていなかった。

「……少し考えさせてください」

大きなアドバンテージであるこの世界の知識を有している身として、そして王国を守護する貴族に生まれた身として、この事件の解決に協力したいという気持ちはある。しかし、この事件は、あまりに危険過ぎる。

「うむ、今すぐ決めろとは言わん。その気になれば後日公表する、大規模依頼《レイドクエスト》に参加してくれればよい。だが、くれぐれも他言はしてくれるなよ」

4

俺とルーチェは酒場にて、ケルトと交流兼情報交換を行っていた。

「なに……〈幻獣の塔〉で、また〈王の彷徨《ワンダリング》〉だとォ⁉」

ケルトは声を上げて叫んだ後、酒を口にして一気に飲み干す。

その後、大きく頷《うなず》いた。

「いや、お前らに誘われたとき、俺の〈第六感〉が反応したから嫌な予感はしてたんだ。行かなくて正解だったぜ」

「……ケルトさん？」

ルーチェが眉をピクピクとさせて、ケルトをジト目で見る。

「い、いや、違うんだって！　俺のスキルの〈第六感〉……近くの危険な魔物や宝箱の感知はまあまあ正確なんだが、なんかしようってときの悪寒みたいなのは、ほとんどアテになんねぇんだよ！　俺もまぁ、縁起悪いから今回はパスするか、くらいの気持ちだったからな。こんなんで引き留めて、後々損したってボヤかれても嫌だろ？」

ケルトが慌てて手を振って弁明する。

「……結構あんだよ、そういうの。俺みたいな斥候《せっこう》系クラスはよ。〈聴覚強化〉のスキルもそうだ。俺にしかできねぇし、一瞬何か耳に入ったことから、正確に情報を読み取らねぇといけない。確証もなく下手にデマ情報流したら戦犯だ。何か感じた、何か聞こえたって、確信がなきゃ俺が損することの方が多いんだよ」

「なるほどな……」

データが正確に共有されているゲーム時代でさえよくあったことだ。この世界であれば尚更だろう。

「自分に都合よく誘導するために嘘《うそ》流したんじゃないか、なんて勘繰りまでされる始末だ」

ケルトはそう言って、寂しげに窓の外を見る。何故ケルトが固定パーティーを組みたがらないのか、なんとなくわかった気がした。

「ケルトさん……ごめんなさい」

ルーチェが頭を下げる。

「……まぁ、実際、やったこともあるんだけどな、うん」

ケルトが気まずげに鼻を掻く。

「頭下げて損しました。僧侶のメアベルさんにチクっておきますね」

「止めてくれや。ただでさえアイツ、あの後、顔合わせる度にウザ絡みしてくるんだよ……」

仲が良さそうな様子で何よりだ。最初の二人からは想像も付かない。

「しかし、魔物や宝箱以外にも反応することがあるのか」

それはゲーム時代にはなかった仕様だ。

〈第六感〉は単に、『たまに危険な魔物の接近やレアアイテムの存在を感知してくれる』というスキルだった。やはり〈マジックワールド〉とこの世界は、限りなく似てこそいるが、非なるものらしい。ただ、スキルの応用の幅が増しているというか……納得できる範囲ではある。

「……いや、あったのか、この設定？」

確か〈マジックワールド〉の世界で、釣り人のＮＰＣの台詞で『俺の〈第六感〉が囁《ささや》くから、今日は早めに帰るのさ』というものがあった。

フレーバーテキストが拾われて、辻褄《つじつま》が合わされている……という解釈が一番近いのかもしれない。

この差はものによってはとんでもない影響力を及ぼしかねない。頭に入れておいた方がよさそうだ。

しかし……なんだろう。〈第六感〉が、妙に引っ掛かる。何かを見落としている気がするのだ。

「どうしたんだエルマ？　なんか悩んでる様子だがよ。……なんだ、そんな教えなかったこと根に持ってんのか？　悪かったって、逆恨みするような性格じゃねぇのは知ってるし、次がありゃちゃんと教えてやんよ」

「ああ、いや。そういうわけじゃない。悪いことばかりじゃなかったしな。レアアイテムは沢山手に入ったし……それに、ハウルロッド侯爵家とお近づきにもなれたからな」

「なんだと⁉」

「魔物からスノウ嬢を助けて、その件で昨日歓待を受けてきたところだ」

「ハウルロッド侯爵家に恩が売れたとは羨ましい……。やっぱ俺も行っておけばよかったぜ。そうすりゃ上手く取り入ってアピールして、私兵かギルド職員に役職持ちとして登用してもらえたかもしれねぇのに」

　ケルトが口惜しげに舌を鳴らした。

「しっかし、そうか、噂のスノウ・ハウルロッドに会ったのか。腹黒で冷酷……人形のように喋《しゃべ》らない不気味な奴だって話だったが、よく気に入られたもんだな。まぁ、魔物から助けられて、後ろから砂掛けるような真似する馬鹿ではなかったか」

　ケルトがカラカラと笑う。

……腹黒で冷酷、人形のように喋らない不気味な奴……か。二割くらいは当たっているかもしれない。主に喋らない、の辺りが。

「そういや、ハウルロッド侯爵家で思い出したが……また領主依頼の大規模依頼《レイドクエスト》が近々あるって話だぜ」

　ケルトの言葉に、俺は口を閉ざした。

「ある〈夢の穴《ダンジョン》〉に、例の宝石……〈哀哭するトラペゾヘドロン〉が転がってるのが見つかったんだとか。その調査ってことだな。今回も〈黒き炎刃《えんじん》〉、カロスが冒険者を率いることになりそうだってよ。……なんだ、お前ら、二人揃《そろ》って神妙な顔しやがってよ」

「いや……すまない」

　ハーデン侯爵の話していた、例の計画の大規模依頼《レイドクエスト》らしい。

『吾輩はもう一度、敢えて大規模依頼《レイドクエスト》を行って条件を整えてやって、連中を釣り上げるつもりだ。これで狙いが〈夢壊《ゾーク》〉にあることを裏付け……同時に、吾輩の領地で好き勝手にやってくれている馬鹿共を炙り出す』

ハーデン侯爵は、都市ラコリナで暗躍している連中とこの大規模依頼《レイドクエスト》で決着を付けるつもりのようだった。

「ケルトはどうするんだ？」

「いや、この依頼はヤベェだろ。〈第六感〉がなくてもわかるぜ。あんな不気味なアイテムが出てきたんだ。お貴族様の政争が噛《か》んでるんじゃねぇか、なんて話もある。どっちに傾いたって、関わんねぇのが正解だ。お前もそう思うだろ、エルマ？」

ケルトが笑いながらそう話した。

5

後日、俺はルーチェと共に冒険者ギルドの最奥部であるギルド長の執務室へと向かっていた。例のハーデン侯爵の大規模依頼《レイドクエスト》について、どうしても確認しておきたいことがあったのだ。

例の〈哀哭するトラペゾヘドロン〉騒動の対策は、冒険者ギルドが中心となって動いている。ギルド長であるハレインが一番詳しいはずであった。

「あのですね……確かにハレイン様は、御二方でしたらいつでも連れてこいとは仰られていましたが……本当に突然来られるとは思っていませんでしたよ」

ここまで案内してくれた受付嬢のマルチダが、扉の前で足を止めると、俺達へと振り返って溜《た》め息《いき》を吐いた。

「いや、悪い。俺も悩んでいて動くのが遅くなった。先に言伝しておきたかったが、あまり時間もなさそうでな」

例の大規模依頼《レイドクエスト》の告知は下手したら今日にでも行われるかもしれない。できればその前に話を聞いておきたかったのだ。

「まぁ、御二方なら問題ないでしょうが……一応確認して参りますね」

マルチダが扉をノックした。

「ハレイン様、マルチダです」

「どうした？　入るがいい」

ハレインの声が返ってきた。マルチダが一人で執務室へと入っていく。

「実は冒険者の方が、すぐにハレイン様にお会いしたいと……」

「今すぐだと？　随分と不躾だな……。一冒険者の面会などに付き合っていればキリがないぞ。何故ここまで連れてきた？」

「え、い、いえ、しかし、その……」

「第一、こっちは例の騒動関連の書類で大忙しなんだ。暇なら話によっては出てやらんこともないが、この後、商会の重鎮との商談と、ハウルロッド家の本家の人間との大規模依頼《レイドクエスト》についての話し合いがある。正直なところ、こっちは君と話している時間も惜しい。仮眠も取れていない状態なんだ。このくらいのことは自分で判断してくれ」

「す、すみません……」

どんどんマルチダの声が小さくなっていく。

「う～ん……駄目そうですね」

ルーチェがそう呟いた。

「まぁ、本当に突然だったからな……。例の事件絡みとなると、下手に言伝を頼むわけにもいかないし、諦めて日を改めるとするか」

早ければ早い方がよかったのは間違いないが、どうにもハレインも例の騒動絡みで相当忙しくなっているようだ。

扉が半分だけ、控え目に開かれる。マルチダが眉尻を下げて、申し訳なさそうな表情を浮かべていた。

「すみません、エルマさん。今は忙しいようでして……」

マルチダが言い辛そうに口を開く。そのとき、背後よりガシャンと、椅子のひっくり返る大きな音が響いた。

「ハレイン様⁉」

マルチダが執務室内を振り返る。彼女の身体を押し退け、ハレインが姿を現した。

「おお、エルマ殿とルーチェ殿だったか！　……マルチダ、それを先に伝えろ！」

ハレインは俺達へと笑顔を向けた後、マルチダを目を細めて睨んだ。

「す、すみません、ハレイン様」

……なんだろう、この人。有能なはずではあるのだが、いつもどこか抜けている印象が目立つ。

「ささ、入ってくれ。もしやラコリナ支部の職員冒険者になるという話……引き受けてもらえるのか？」

「いや、そっちではないんだが……」

「そうか……」

ハレインは肩を落とし、露骨にがっかりとした様子を見せる。

「こほん……ハウルロッド侯爵家の本家のスノウお嬢様を〈夢の穴《ダンジョン》〉内で助けたそうだな。私からも礼を言わせていただく。まさかこの短期間の内に、前回の〈嘆きの墓所〉騒動に続き、また手柄を上げるとは」

ハレインが執務机へと戻りながら、そう口にした。

「……俺達がハーデン侯爵から頼まれたことは知っているか？」

「む……」

ハレインがピタリと足を止めた。

「マルチダ、席を外してくれ」

「え……？　は、はぁ、承知しました」

マルチダは俺達へと一礼すると、執務室から出て行った。どうやらハレインは、俺が何の話をしたいのか、今の一声で概ね察してくれた様子である。

「……なるほど、そちらの用件だったわけだな。遣いの者から話は聞いている。ハーデン侯爵様が、エルマ殿に『レイドで裏切り者を捜してほしい』と頼んだとな」

「さすがにそれは荷が重いですが……」

内部犯を捜すなら、もっと侯爵家の息が掛かった人間にやらせた方がいいのは明らかだ。

純粋な冒険者側にもそうした人間を置いておいた方がいいという考えだろうが、それならば実力的にも人間性的にももっと信用のおける人間がいるとは思うのだが……。

或いは、貴族家出身で出自が明確である部分に信用を置いたのか、ハーデン侯爵の考えは俺には今一つわからない。

「既にギルド内でも噂になっているが、明日の朝に〈夢の穴《ダンジョン》〉……〈水没した理想都《りそうと》〉を攻略する大規模依頼《レイドクエスト》の募集を行う予定だ」

「〈水没した理想都〉……」

かなり高レベルの〈夢の穴《ダンジョン》〉だ。相当厳しい戦いになるだろう。

「こちらも〈嘆きの墓所〉と同様……魔物の異常発生が起きており、例の宝石、〈哀哭するトラペゾヘドロン〉が発見されている」

こんなところに入り込んで、やれ〈哀哭するトラペゾヘドロン〉だの〈王の彷徨《ワンダリング》〉だのとやっていれば、相手側も命が幾つあっても足りないと思うのだが……。

「理想都……？　それって〈夢の穴《ダンジョン》〉なんですかぁ？」

ルーチェが怪訝《けげん》そうにそう口にした。

俺は頷く。

「〈夢の穴《ダンジョン》〉はなんでもアリだ。何せ、アルザロスの見る夢そのものだからな。〈幻獣の塔〉だって、造り物の空がいっぱいに広がっていただろう？」

「確かに……」

もっとも、それを言ってしまえば、この世界の全てが創造神アルザロスの創り物であるため、この世界も〈夢の穴《ダンジョン》〉の世界も似たようなものなのだが。

「ただ、厄介な〈夢の穴《ダンジョン》〉だ。あそこで魔物災害となると、本当にそれなりにレベルの高い冒険者でもないと入れないな」

もし何も起きていなかったとしても主の討伐が困難な〈夢の穴《ダンジョン》〉だ。ここで存在進化なんて引き起こされれば、都市ラコリナを巻き込んだ大事件になる。

「しかし、それ絡みでの頼み事というのはなんだ？」

「ギルドは〈嘆きの墓所〉で〈王の彷徨《ワンダリング》〉を引き起こした人間の調査を行っていたな？」

「ああ、しかし……〈王の彷徨《ワンダリング》〉発生時に単独行動をしていた冒険者はいないんだ。その間に〈夢の穴《ダンジョン》〉から逃げ出した者もいない。複数人で口裏を合わせているか、〈王の彷徨《ワンダリング》〉発生時に命を落としたかのどちらかだな」

「その調査報告書が欲しい」

「調査報告書が欲しいのか？　私も目を通したが、不審な点は見られなかったがな。普段の行動が怪しい冒険者が集まって行動していた……といった部分も特に見受けられなかった。元々、四人参加自体が少なくてギルド側で班を編成していたため、口裏を合わせているということも考えづらかったんだが……」

「念のためだ。〈夢の穴《ダンジョン》〉での出来事なんて魔物の対処で必死で、細かい部分なんて覚え切れていないこともあるからな。もしかしたらただの記憶違いや勘違いによって穴が出来ている可能性がある。或いは、悪意なく結果的に嘘を吐いている場合がな」

「な、なるほどな……ふむ……なるほど……？」

　ハレインは眉根を寄せ、口許を手で覆い隠す。

「あまりピンとは来ていないようだが……」

「見ても仕方がないとは思うが……そうだな、前レイドに参加した冒険者の名簿はエルマ殿達には見せておいた方がいいだろう。前回と今回のレイドに続いて参加した人間は、それだけでかなり怪しいと言えるからな。それならば私の権限で渡せるが、渡したことを含めて、くれぐれも他言はしないでくれ」

6

翌日、ギルド長ハレインの告知通り、冒険者ギルドの掲示板に大規模依頼《レイドクエスト》の募集が張り出されていた。

俺とルーチェが向かった頃には既に人集りができていた。

「〈水没した理想都〉……推奨レベル、【80】だって⁉」

「ここは魔物溜まり《モンスタープール》だろ？　一流冒険者でも道中で死にかねないぞ……」

「以前〈嘆きの墓所〉で魔物溜まり《モンスタープール》が発生したばかりだろ？　ラコリナはどうなってんだ……」

他の冒険者達は、この募集に不安げな様子であった。

「推奨レベル【80】……とんでもないですね。もしもこれで〈嘆きの墓所〉のスカルロードみたいに〈夢の主《マスター》〉が存在進化なんてしたら、【Lv：１００】近くになるんですよね？」

ルーチェが不安げに俺へと尋ねる。俺は欠伸《あくび》を押し殺しつつ、眠い目を擦った。

「エルマさん？　あのぅ……」

「ああ、すまない。昨日、あまり寝ていなくてな」

昨日、ハレインより譲ってもらった冒険者の資料を徹夜で読み込んでいたのだ。

スキル構成次第で他者の目を欺いてアリバイを偽証できそうな人間もいたのだが、如何《いかん》せんざっくりした情報しかないもので、妄想レベルの考えでしかない。

調査報告書だって、各冒険者の細かい動きと時間が詳細に記されているわけではない。おまけにこの世界ではスキル構成が最適解に沿っていない人間が圧倒的に多いため、その辺りの予想も立て辛い。

可能性を追っていけばキリがなかった。今更再調査を実施してもらっても、この世界では本人のスキル構成は基本的に秘匿情報であるし、当日の細かい状況なんてもはや誰も覚えていないだろう。

参考にはなったが、ここから何か意義のある仮説が導けたかというと微妙なところである。

寝ずに考えていたため、どうにも頭が回らない。

「……だ、大丈夫ですかぁ？」

「どうにか」

俺は自身のこめかみを叩く。

「そんなことより……毎度のことながら、悪いな、ルーチェ。また巻き込んでしまって」

「ふふん、巻き込んだ……なんて、言わないでくださいよぅ！　アタシだって冒険者になった以上、国や街を守ることに貢献したいって思ってるんですから！　それにアタシ達、死地を何度も共

にした仲間じゃないですか」

ルーチェは勝ち気にそう言って、手のひらに拳を打ちつけた。

昨日、ルーチェと話し合い、正式に魔物溜まり《モンスタープール》の発生した〈水没した理想都〉のレイドに参加することになったのだ。

「フン、キサマらも参加するのか。忠告しといてやるよ。ちょいとばかり成果を挙げて図に乗っているようだが、今回のレイドは本当に危険だぜ、重騎士エルマ」

甲高い、高圧的な声が聞こえてくる。声の方を向いたが、誰の姿もなかった。

「おかしい……声はすれど、姿は見えない……」

俺は目を擦りながら、周囲を見回した。

「エルマさん、下、下、下！」

ルーチェに言われてやや目線を落とし、ようやく紫の長髪を後ろで束ねた三白眼の少女……魔剣士ヒルデの姿が視認できた。苛立ったように片瞼《かたまぶた》を痙攣《けいれん》させている。

「ああ、ヒルデか」

「毎度毎度……このオレ様を馬鹿にしてるだろ、キサマら。いいか、エルマ。オレ様は、決闘の恨みは忘れてねぇからな。この依頼はＢ級冒険者にとっても命懸けになる。小銭を稼ぎたい程度の動機なら降りるこった。キサマには雪辱を果たすって決めてんだ。参加するなら、つまらねぇところで命を落とさないよう、気を張ってることだ」

ヒルデが俺に指を突きつけてそう言った。

「言葉遣いは悪いですけど、ヒルデさんなりにアタシ達を気遣ってくれてるみたいですね」

ルーチェが苦笑しながら、俺へと言った。

「チッ、キサマから五千万ゴルド取り返しそびれたら、オレ様が損するからそれまでくたばるなってだけの話だ」

「ふぁあ……」

俺は欠伸をしながら目を擦った。

「……おいキサマ、今、欠伸しやがったな？」

またヒルデの瞼がピクピクと震えた。

「ご、ごめんなさい、ヒルデさん！　あの、エルマさん、昨日は徹夜だったみたいで……！　アハハハ……」

ルーチェが笑って誤魔化した。

「エ、エルマさん、一応謝ってあげましょう。身を案じてくれてたことは、間違いないみたいですし」

ルーチェが声を潜めて俺へとそう言った。

「……悪かった。返す気はないが、正直あの決闘はちょっと大人げなかったなと思っている」

「オレ様の方が歳上だ！　知ってるんだぞ、キサマら十五、十六だろ！　オレ様は十七だ十七！」

ヒルデが唸《うな》り声を上げた。

綺麗《きれい》に地雷を踏み抜いてしまった。

ふと、ヒルデが背負っている鎌に目が付いた。賭けに負けて愛剣を失ったヒルデは代用品の〈黒《くろ》鋼《がね》の鎌〉を装備していたのだが、また別の鎌へと変わっている。

「あれ、ヒルデ、その鎌……」

……その鎌は、俺達が〈幻獣の塔〉で乱獲した、グリムリーパーのドロップアイテムである〈魂狩りの大鎌〉であった。あちこちの店で捌《さば》いて回っていたため、値段が相場より少し落ちていたのかもしれない。

「エルマさん、エルマさん……」

ルーチェがこそこそっと俺の名前を呼んだ。

「……似合ってるぞ」

「なんだ、キサマ。気色の悪い。オレ様には鎌装備がお似合いだってか？　フン」

危ない、『安かったのか？』と聞くところだった。これ以上神経を逆撫《さかな》でしたら、またこの場で決闘騒ぎになりかねない。

寝不足のせいか、今日は隙が大きくなってしまっているように思う。俺は自分を起こそうと、頬を軽く叩いた。

「気に入ってはいるがな。鎌も慣れれば、案外悪くない。この武器は付与効果も強力だ」

絶対安かったからだと思うのだが、俺は口を挟まないことにした。本人が納得しているのならば野暮なことを言うべきではない。

「参加するのか……は、むしろ俺が聞きたいんだがな。一対一に特化した魔剣士は、〈夢の穴《ダンジョン》〉探索には燃費が悪い。魔物溜まり《モンスタープール》へ挑むとなったら以ての外だろう？　前回の〈嘆きの墓所〉はまだしも、今回は推奨レベル【80】の〈夢の穴《ダンジョン》〉だ」

「ひ、人手不足が予想されてるんだから、Ｂ級冒険者で〈黒き炎刃〉の弟子であるオレ様が参加しないわけにはいかないだろう！　このレベルの〈夢の穴《ダンジョン》〉でも、雑魚くらいＭＰを使わずに狩れる。オレ様を舐めてくれるなよ」

……意外とＢ級冒険者としての使命感はあるんだよな。

カロスも言っていたが、この世界は一部の上級冒険者達がどうにか魔物災害を喰《く》い止めて存続させているのが現状である。師匠であるカロスがそう意気込んでいるため、弟子であるヒルデも多少感化されているのかもしれない。

……もっとも、その結果が焦って鍛冶屋への恫喝《どうかつ》では笑えないが。

「まぁ、Ａ級冒険者のカロスとまた組むんだろうし、チームのレベルで押し切れるか……。カロスは感知スキルの〈第六感〉も持っているから、キツいと思えば厄介な敵との戦いは避けるだろうし」

〈夢の穴《ダンジョン》〉攻略では感知系統のスキルの存在の有無は大きい。

ただ、感知系統のスキルを取れるスキルツリーは基本的に攻撃性能に難があるため、考えなしに組み込むと火力不足や器用貧乏、補佐役寄りのスキル構成になってしまいがちで難しいのだ。

「フン、別に師匠に頼り切るつもりはないがな。……あん？　キサマ、師匠のスキルを知ってたのか？」

ヒルデが表情を歪《ゆが》める。俺は口許を手で押さえた。

「ああ、いや、魔剣士で無理なく組み込める感知スキルは〈第六感〉くらいだから、逆算でな」

調査報告書で各冒険者のスキル構成の仮説を立てていたのだが、当日の行動から考えて、カロスは何かしらの感知スキルを持っていると考えた方が筋が通っていたのだ。

持久力に難のある魔剣士であるから、ソロ活動が主な時点で回復スキルか感知スキルを持っているのはわかっていたが。

「あまり行儀のいいことじゃなかったな、いや、悪い」

俺は自身の額を抓《つね》った。

境界線が難しいところではあるが、あまり人のスキル構成を踏み込んで探るのはマナー違反に近い。ケルトも口にしていたように、よほど親しい仲でなければトラブルの元だからだ。

「はぁ……まぁ、触れ回ってはくれるなよ。しかし、スキル構成の逆算って、なんでそんなことできるんだキサマ……。この世界に、どれだけのスキルツリーとスキルがあることか。前々から思っていたが、本当に得体の知れない奴だ」

ヒルデが若干引き気味にそう口にした。

〈マジックワールド〉であれば、上位プレイヤーならばだいたいできたことである。クラスがわかった時点で、せいぜいスキルツリーの構成は三、四パターンに絞られる。そこから更に、プレイスタイルや装備や動き方がわかればどんどん明け透けになっていく。

もっともこの世界では皆が強くなるための最適解を歩んでいるわけではないためパターン数が膨大に増えて、スキル構成を推測する難度は大幅に跳ね上がっているが。

「や、やっぱりエルマさん、まだ例の件で頭がいっぱいなんですね……。お疲れ様でした。ア、アタシ、役に立たないかもしれませんけど、まだやることがあるなら例の調査の方もお手伝いしますから……!」

ふと、俺達へと近づいてくる足音があった。

「〈水没した理想都〉の大規模依頼《レイドクエスト》が発表されたようだね」

銀の長髪の美丈夫、A級冒険者〈黒き炎刃〉ことカロスであった。カロスは俺達の前で歩を止める。

「危険なレイドだから強制はできないけれど、君達にも期待しているよ、エルマ、ルーチェ。前も言ったけれど、あまり戦力に余裕がなくてね。前レイドの〈王の彷徨《ワンダリング》〉もあって、警戒している冒険者も多い」

「ヒルデさんの師匠のカロスさん……」

「それにいつも言っているが、本当に私は師匠になったつもりはないのだが……」

「し、師匠⁉　そんな……」

「先人が新人を導くのは当然のことだよ。それに私は、君に対してそこまで何かをしてあげられたつもりもない。君がここまで来られたのは、君の才覚と努力の賜物だ。それでも私に恩義を感じているというのであれば、それは私に返すよりも困っている新米冒険者達に返してあげて欲しい」

カロスは苦笑いしながらそう話した。

「し、師匠……！」

ヒルデが感嘆の声を上げる。

……ヒルデはあまり人を指導するのには向いていないような気もするのだが、余計な口を挟むのは止めておこう。

「今回のレイドも、カロスがギルドに提案したのか？」

「ギルド、というよりハウルロッド侯爵家にね。提案というよりは、今回は助言を求められただけだよ。……ただ、あちらは少しばかりきな臭いことになっているようだけれど」

「きな臭い……？」

「思いの外、ハウルロッド侯爵家の本家と、ギルドを任されている分家の仲が良くないようだ。跡目争いのこともある。君は当事者だから言うまでもないだろうが、暗殺未遂もあったようだしね」

カロスが声量を落としてそう口にした。ハウルロッド侯爵家と接触しているカロスは、〈幻獣の塔〉での一件を既に知っているようだった。

「あ、暗殺未遂……？　師匠、それって……！」

ヒルデが大声を上げた。

カロスは口に人差し指を当て、彼女に注意を促した。ヒルデが手で口を覆う。

「危険なレイドになるのは間違いない。ただ、貴族や国が敵だったとしても、私は退くつもりはないがね。元々、頻出する魔物災害の正体を追ってラコリナまで流れ着いた。ようやく、その尻尾が掴めそうなんだ」

カロスが目を細めて、口許を引き締めた。

「さすが師匠！　師匠が行くなら、オレも勿論《もちろん》行くぜ！　他の腑抜《ふぬ》け冒険者共とは違うからな！」

ヒルデがぐっと握り拳を作る。

「……君には少し、荷が重いと思うんだけどね。魔剣士は元々〈夢の穴《ダンジョン》〉探索には不向きだから……」

「師匠!?」

ヒルデがショックを受けたように仰け反る。

「それからその大鎌だけど……」

「ああ、新調したんだ！　〈魂狩りの大鎌〉……コイツなら推奨レベル【80】の〈夢の穴《ダンジョン》〉だろうが怖くねぇ！」

「前回と違って今回のレイドは本当に余裕がないんだ。鎌装備だと魔剣士のスキルも一部使えなくなる。さすがに今回は手頃な剣を貸してあげるから、その〈魂狩りの大鎌〉は店に返してきなさい」

カロスは憐《あわ》れむようにヒルデの肩に手を置き、彼女へとそう諭した。ヒルデは未練がましく〈魂狩りの大鎌〉へと目を向けていたが、やがて観念するように肩を落とした。

「……はい」

7

大規模依頼《レイドクエスト》の募集があった日の夕方、俺とルーチェは、ギルドに併設されてる酒場へとケルトとメアベルを呼び出していた。

「どうしたんよ、お二人さん。ウチとケルトさんを呼び出すなんて」

メアベルが和やかな様子で俺へと問う。

「……実は頼みたいことがあってな。危険なことだし、割に合わないと思ったなら、勿論断ってもらっていいんだが」

俺がそこまで口にしたところで、既にケルトが何かを察したかのように、怪訝な表情を浮かべていた。

「なぁ……エルマよ。それって〈水没した理想都〉のレイド絡みじゃねぇだろうな？　まさかお前、あんな嫌な予感しかしねぇレイドに参加する、なんてほざくんじゃないだろうな」

「……そこまで露骨に牽制《けんせい》されると答え辛いんだが、そのつもりだ。前回同様に〈哀哭するトラペゾヘドロン〉絡みのようだし、一度手を出した手前、素知らぬふりをするのも気が咎《とが》めてな」

此度《こたび》のレイドのハーデン侯爵の狙いは、急いた相手がこれが〈夢壊《ゾーク》〉を引き起こす最後の機会だと尻尾を出したところを叩くことにある。

……そして恐らく、相手もまた、深追いを試みるハーデン侯爵がこのレイドで犯人を釣り上げようとしていることを見抜いた上で、この場を利用するべく仕掛けてきている。

既にかなり厳しい戦いになることが予想できる。ただ、このレイドを放置すれば、そのまま〈夢壊《ゾーク》〉を引き起こされてラコリナの都市が魔物災害に沈む可能性もある。

当然ハーデン侯爵も保険は用意しているだろうが、リスクを負うことは織り込み済みのようであった。そうした面でも他人事ではいられない。

「マジかよ……おいおい。あのな、エルマ。お前の正義感が強くて真っ直ぐなところは好きだが、あんなもん馬鹿か金のない奴が手を出すもんだ。何のための税だと思ってる？　俺らが手を出さなくても、お貴族様の兵が上手い具合にやってくれるっての」

ケルトは額を押さえた後、わざとらしく肩を竦《すく》めた。

「ま、まぁ、そのための貴族なのは同感だが……」

どうにもケルトは、あまり貴族にいい印象を持ってはいない様子であった。

俺は少々ショックであった。ルーチェは俺の様子を見て、気まずげに苦笑いしていた。

「それに今は、A級冒険者の〈黒き炎刃〉様がラコリナに来てくださってるからな。さっきも言ったが、ハウルロッド侯爵家の兵が出てくるのは間違いねえよ。俺は正直、B級冒険者の中じゃ強さは下の方だぜ。あくまで斥候クラスだからよ。こっちのチンチクリンだって、C級冒険者だからな」

ケルトがメアベルを指で示す。

「チンチクリンとはなんなんよ。回復クラスはレベルが上がり難いし、戦地でも後衛になるから冒険者等級が低くなりやすい。探索や戦闘、連携の実践経験ではケルトさんにも引けを取ってない自負はあるんよ」

メアベルがムッとしたように答えた。

「今回のレイド……〈哀哭するトラペゾヘドロン〉の除去のためにも、また四人班でばらけて突入して異常発生した魔物を分散させつつ、間引いていく形で攻略するそうだ。ただ、裏切り者が紛れ込む可能性が高いらしい。だからギルドの編成に任せるより、信頼できる二人を引き入れておきたいんだが……」

「ただでさえ胡散臭いのに、裏切り者と来たかよ……。悪いがエルマよ、それを聞いて俺は余計に行きたくなくなったぜ。メアベル、お前も同感だろ？　前のレイドじゃ最初は騙《だま》されてたが、お前も相当な食わせ物だったからな。この手の胡散臭い依頼はお断りだろ?」

「参加してもいいんよ。ウチ、頼られるのは嫌いじゃないんよ」

「なっ……！　メアベル、お前っ、参加するのか?」

　メアベルの言葉に、ケルトが目を見開く。

　俺も正直なところ、メアベルがあっさりと参加を表明してくれるのは意外であった。

　メアベルがケルトの服をがっしりと摑んだ。

「それから……前に一人で逃げようとした挙げ句に命助けられた卑怯《ひきょう》モンも、きっとちょっとでも恩を返すために参加してくれるんよ」

「待て、待て待て！　す、少し、考えさせろ！」

　ケルトがメアベルの手を払って、そう口にした。メアベルはケルトの慌てた様子を見るとくすりと笑い、それから俺に向き直った。

「エルマさんの性格は前のレイドでよくわかってるんよ。理詰めで考えて、無理のあることはしないって。確かに高レベルの〈夢の穴《ダンジョン》〉で尻込みする気持ちはあるけど、ウチらなら適任だと踏んでのことなんよね?」

「それは買い被りだが……二人を見込んでのことなのはその通りだ」

　俺は頷いた。

「前のスカルロード戦で、二人には〈ステータス〉を明かしてもらったからな。下手な高レベルの攻撃クラスを引き入れるより、スキルのわかっているメアベルやケルトの方が遥《はる》かに動きやすいと判断した。〈水没した理想都〉に出没する魔物のスキルや〈ステータス〉は把握しているが、この四人ならば問題なく捌けるはずだ。既にこの四人で組んだ場合の各魔物に対する戦い方は概ね考えている。この〈水没した理想都〉はやや特殊な地形の〈夢の穴《ダンジョン》〉で、かつ〈夢の主《マスター》〉は移動能力に難がある。万が一前回のように〈王の彷徨《ワンダリング》〉を引き起こされても、この四人のスキルならば逃げ支度を整えられる。これほど効率的で安全な面子《メンツ》は人任せでは揃えられない」

　俺は当初、適当な二人を雇って、レイドの開幕と同時に外に出てもらおうと考えていた。ハーデン侯爵から裏切り者を探ってほしいと頼まれているため、少人数で動いた方が小回りが利いて素早く動けて丁度いいと考えていたからだ。

　ルーチェと二人で道中の魔物を凌《しの》ぐ手立ても考えていたのだが、どうしても俺とルーチェだけでは対応し切れない場面が起こり得ると考え、ケルトとメアベルを呼ぶことにしたのだ。

「……買い被りどころか思ってた以上で、ちょっと引くんよ」

　メアベルが俺を見て苦笑いを浮かべた。

「で、ウチらに負い目のあるケルトさんはどうするんよ？」

「いちいち嫌な言い方するんじゃねぇよ……」

　ケルトが自身の頭に手を触れ、髪を掻いた。

「ウチ、この面子で〈夢の穴《ダンジョン》〉潜るの嫌いじゃないんよ。ケルトさんも、前に〈嘆きの墓所〉を攻略したとき……すっごい生き生きとした、いい顔してた。汚く立ち回って小銭拾ってるより、あっちの方がずっとケルトさんの性に合ってるように見えたんよ」

　メアベルがくいくいとケルトの袖を引っ張る。

「……チッ、仕方ねぇか。お前らに恩があるのは確かだ。それに……C級冒険者の回復役と、新人B級冒険者二人にゃ荷が重いレイドだろうからな。この一流の斥候の俺が手を貸してやるよ」

　ケルトが観念したように溜め息を吐いた。

「ありがとう……ケルト、メアベル」

「ま、お前らは妙に金回りがいいからな。せいぜい勝ち馬に乗らせてもらえることを期待してるぜ」

　ケルトがニヤリと口端を上げた。

「ふふ〜ん、この人、悪振ってるけど案外可愛いところあるんよ。強く頼まれたら絶対すぐに折れるって、ウチ、最初からわかってたんよ」

　メアベルはカラカラと笑いながら、肘でぐりぐりとケルトの肩を突いた。

「……今からでも降りてやろうか？」

　ケルトが苦虫を噛み潰したような顔でメアベルを横目で睨む。

第四話　〈水没した理想都《りそうと》〉

1

大規模依頼《レイドクエスト》の当日、俺とルーチェ、そしてケルトとメアベルの四人で馬車に乗って移動していた。

この馬車はギルドが手配してくれたものである。幌を捲《まく》れば、他のレイド参加者達の乗っている馬車が見える。

「今回の依頼はハウルロッド侯爵家が兵をかなり動員しているようだったな」

一般冒険者二十人前後に加えて、侯爵家の兵も二十人程動いている様子であった。

もっとも侯爵家の兵の半数は実際に〈水没した理想都〉に突入するわけではなく、外で待機する手筈《てはず》のようだ。

〈水没した理想都〉から魔物が溢《あふ》れ出たときの対策だとは銘打っているし、無論そちらの意図もあるのだろうが、真の狙いは此度《こたび》のレイドに紛れ込んでいるであろう裏切り者を決して逃がさないためだろう。

「多少報酬額を吊《つ》り上げられてもこれだけ胡散《うさん》臭けりゃ、一般冒険者は参加を渋るだろうよ」

ケルトが呆《あき》れた様子で息を吐いた。

集まった冒険者の数自体は前レイドからほぼ横ばいのようだったが、実情は異なる。

冒険者ギルドも今回のレイドをかなり重要視しており、募集規模が前回よりも大きかったのだ。

ただ、それでも必要な戦力が充分に集まり切らず、ハウルロッド侯爵家が私兵で補った形となっている。

「それにしても、奇妙な地図なんよ。まるで本物の街みたい」

メアベルが〈水没した理想都〉の地図を見て、息を呑《の》んでいた。

「実際にこうした街があったわけじゃない。ただのアルザロスの見た、水没している街の夢だからな。並んでいる建物もハリボテみたいなものだ」

俺は言いながら〈ステータス〉を開いた。

「エルマさん……？　どうしたんですか？」

ルーチェがぱちりと瞬きをする。

「いや、方針が固まったから、スキルポイントを割り振っておきたくてな」

結構な数のスキルポイントをストックしていた。

【スキルツリー】
［残りスキルポイント：17］
〈重鎧《じゅうがい》の誓い〉［41／１００］

〈初級剣術〉［5／50］
〈燻《いぶ》り狂う牙〉［15／70］

スキルポイントを【8】……〈重鎧の誓い〉へと投下する。次に取得するスキルは、正直ちょっと微妙なものなので、後回しにするか悩んでいたのだ。

【スキルツリー】
［残りスキルポイント：9］
〈重鎧の誓い〉［49／100］【+8】
〈初級剣術〉［5／50］
〈燻り狂う牙〉［15／70］

【〈重鎧の誓い〉が［49／100］になったため、特性スキル〈騎士の信念〉を取得しました。】

よし……〈騎士の信念〉を獲得した。

〈騎士の信念〉【特性スキル】
狂乱の状態異常を無効にする。

睡魔の状態異常への耐性を有する。


「新スキルですか？」

ルーチェが俺へと尋ねてくる。

「ああ、二種の状態異常への耐性を得られる」

「おおっ！　凄そうですねぇっ！」

「……とは残念ながらいかないんだよな。どっちもマイナーな状態異常だから」

コンセプトとしては『精神に関与する状態異常を騎士の意志の強さでねじ伏せる』といったものなのだろう。だが『それなら混乱をどうにかしろ』とは、初期〈マジックワールド〉プレイヤーからよく揶揄《やゆ》されていたものである。

状態異常・狂乱は怒りに囚われ、攻撃系統のスキルしか使えなくなり、近くの敵対している相手から自発的には離れられなくなる……といったものである。

状態異常・睡魔は眠りにつき、一定時間経過するかダメージを受けるまで行動不能になる、といったものである。

一応どちらも防御クラスにとっては役割を熟《こな》せなくなる状態異常ではあるのだが、双方共にかなりマイナーな状態異常であって普通なら遭遇する場面がほとんどない。抱き合わせであったとしてもあまり嬉《うれ》しくない耐性であった。

　別に〈騎士の信念〉があるからといって、重騎士の需要が上がるようなコンテンツが存在するわけでもない。

　初期重騎士の『痒《かゆ》いところに手が届かないクラス』という評価を体現したようなスキルである。

「あらら、そうなんですね……」

「一応〈騎士の信念〉もありがたい使い道があるんだが、まぁ今取得しなくてもって感じだな」

　だからこそスキルポイントの割り振りを後回しにしていたのだ。

　欲しかったのは次のスキルである。

【スキルツリー】
［残りスキルポイント：１］
〈重鎧の誓い〉［57／１００］【＋８】
〈初級剣術〉［５／50］
〈燻り狂う牙〉［15／70］

　続けてスキルポイントを【８】……〈重鎧の誓い〉へと投下する。

〈マジックガード〉【通常スキル】

攻撃を受けたとき、盾を魔力で覆うことで、盾の防御力を引き上げることができる。

「よし……！」

このスキルがあるとないでは、重騎士の安定性と、捌《さば》き切れる攻撃の幅が大きく変わる。

要するにＭＰを犠牲にすることで、盾越しに受けるダメージを大幅に減らすことができるのだ。

〈マジックワールド〉では装備はなかなか壊れない上に、回避の難しい攻撃でも盾で防ぐことは容易であったりする。ただ、その分、盾越しに軽減していたとしても、それなりのダメージを受けることが多いのだ。

〈シールドバッシュ〉との同時発動はできないためあちらの威力を引き上げることには使えないが、それでもかなり有用なスキルである。〈死線の暴竜〉発動時の被ダメージ回避にもなる。

今回のレイドでどう動くのか考えていたのだが、やはり〈マジックガード〉があった方がいいという結論に達したのだ。

ひとまず〈燻り狂う牙〉よりこちらを優先することにした。

「……あんまり人前でごちゃごちゃ〈ステータス〉を弄くるなよ。ルーチェは知らんが、俺とメアベルはずっと一緒に行動してるわけでもないんだからよ」

ケルトが俺へとそう口にした。

「以前は俺の提案で全員の〈ステータス〉を明かしてもらったわけだし、なんとなく隠れて割り振るのも気が引けてな。三人共信頼してるし、連携を取りやすいように知っておいてもらった方が俺としてはありがたい」

　俺はそこまで言ってから、メアベルの方を見た。

「それと……悪いが、メアベルに少し頼みたいことがあってな」

「ウチに……？」

　メアベルがぱちりと瞬きをした。

「確かメアベルのスキルツリーは未振り分けが【5】、〈信仰の杖《つえ》〉が【42】、〈ドルイドの呪い〉が【20】、〈初級棍術《こんじゅつ》〉が【0】だったな？」

「……あの一瞬でよう全部覚えてるんよ」

　メアベルがやや引き攣《つ》った顔で苦笑いを浮かべた。

「場の流れで不可抗力で見せ合ったのに、わざわざそんなところまで覚える奴がいるかよ」

　ケルトも少し呆れた様子であった。

「……悪い」

　今すぐメアベルとケルトの〈ステータス〉を全部書き出せるくらいには鮮明に覚えているのだが、それはわざわざ言わない方がよさそうだ。

「あれから〈ステータス〉に何か変化はあったか？」

「変わってないけど……それがどうしたんよ？」

「途中でメアベルのレベルを上げられる機会を作る。二つ上がったら、スキルポイントを全て〈信仰の杖〉に入れて欲しいんだ」

「〈信仰の杖〉に……？」

メアベルがぱちりと瞬きする。

「一番伸ばしたい専用スキルツリーだから問題はないんよ。でも同クラスの冒険者に聞いたことがあるけど、〈信仰の杖〉の次の取得スキルは、そこまで変わったスキルではなかったように思うんよ。もしかして〈夢の主《マスター》〉の対策に？」

「まぁ……そんなところだな」

まずあり得ないとは思うのだが、俺の危惧している事態が発生した場合、〈信仰の杖〉の【49】で獲得できるスキルがなければ切り抜けられない可能性があるのだ。

2

馬車の幌を捲り、外を眺める。

浅い川の上に、虹色の光の渦が広がっているのが見えた。目的地である〈水没した理想都〉の入り口である。

「なるほど、あそこか」

入り口の周囲に大量のナメクジのような化け物がうろついている。

〈水没した理想都〉で発生した魔物溜まり《モンスタープール》により、内部から溢れ出てきた魔物である。

……覚悟はしていたが、思っていたよりも数が多い。

「なんだ、あの不気味な奴らはよ」

俺の背後から外の光景を見たケルトが、魔物の姿を確認して眉を顰《ひそ》めた。

〈水没した理想都〉の周辺に大量発生している青い軟体の化け物……。感覚器官の付いた長い触手を有しており、その姿はウミウシに似ている。背中からは赤い触手がうようよと伸びている。

「ウミオニだ。攻撃力・防御力が共に高い。攻撃手段も複数の触手を用いてくるから、慣れない内は捌くのが難しいだろうな。かといって距離を取れば、水魔法で攻撃してくる」

「攻撃寄りで頑丈で手数が豊富って、とんでもない化け物じゃねぇか。あんなワラワラ群れていいもんじゃねぇだろ」

ケルトがげんなりしたように口許を歪《ゆが》める。

「だが、強みが明確な奴ほど、わかりやすい弱点があるものだ。本体も触手攻撃も速度はない。触手にさえ慣れれば、近距離戦を仕掛ければ優位に戦える。安心しろ、小手先の技術が活かしやすい、ああいうタイプはむしろ得意だ」

技術が通用する相手ならば優位に戦える自信がある。剣聖《けんせい》クラスだったマリスのような、素早さを軸にステータスでぶん殴ってくるような奴の方が俺としては厄介だ。

重騎士は速度に難があるため、不安定な対応を迫られるようになり、どんどん後がなくなっていくことになる。

「……お前のその知識と経験、本当にどこから来てるんだ？　一周回って呆れてくるよ。お前と組んで、本当によかったぜエルマ」

ケルトが溜《た》め息《いき》を吐いた。

「あの魔物……ウミオニ、ちょっと可愛いかも……」

ルーチェがウミオニを眺めながら、そう呟《つぶや》いた。場の空気が凍った。

「可愛い？　アレが？　ちょっと趣味悪いぜ」

ケルトが目を細めてウミオニを見る。

「ア、アタシ、そんなに変なこと言いましたかぁ？」

「ま、まぁ、見方によっては……可愛いか……？　大きいウミウシみたいなものだし……」

フラフラ揺れる触手の先端の目玉と、目が合った。その瞬間、背中のイソギンチャクのような触手が、俺を威嚇するようにわっと逆立つ。

その様子に吐き気が込み上げてきた。ゲーム時代より遥《はる》かにリアルな分、やはり気色悪い。

「……悪い、やっぱりアレはない」

俺は不安げに見つめてくるルーチェから、そっと目を逸らした。

馬車を停め、まずは〈夢の穴《ダンジョン》〉の入り口近辺のウミオニ狩りから入ることになった。

先に着いていたレイドの冒険者達が既に交戦を始めている。

「ビュゥウ……」

ウミオニの群れが鳴き声を上げながら、俺達へと迫ってくる。

魔物：ウミオニ
Lv：63
HP：177／177
MP：99／99

「俺が引き付ける！　ケルトは奴らの隙を作って、ルーチェはそこを叩《たた》いてくれ。メアベルは誰かが攻撃を受けて崩れたときのカバーを頼む」

俺は叫びながら前へと出た。周囲のウミオニ三体が、一斉に俺へと寄ってくる。

「お、おい、さすがに引き寄せ過ぎだぞエルマ！　突っ走り過ぎんな！　回復が追い付かなくなったら一気に崩れんだぞ！」

ケルトが慌ててそう叫ぶ。

「問題ない」

俺は剣のスキル〈パリィ〉を用いてウミオニの触手を捌く。横方向から体当たりを仕掛けてきたウミオニは盾スキルの〈マジックガード〉で防ぐ。細かく動き回り、三体のウミオニが互いが邪魔になり、同時に仕掛けられない盤面を維持する。

「……本当になんでも卒なく熟しやがって。可愛げのない奴だ」

ケルトが弓を構える。

「むしろこっちが重騎士本来の役割なんだがな」

ふと、ケルトの構えに違和感を覚えた。狙う先が高すぎる。

「ケルト、どこを狙って……?」

ケルトの放った矢が、一体のウミオニの、触手の先の目玉へと命中する。

「ビギィ!?」

眼球が破裂し、ウミオニが身体を震わせる。

……わざわざ、フラフラ揺れる触手の先の目玉を狙ったのか。

確かに効果的だが、狙って容易く当てられるものだとは思っていなかった。

「凄い精度だな」

「ハッ、この距離なら外さねぇよ。お前に褒められると満更でもねぇな」

「さすがケルトさん。これまで集団戦の中で確実にトドメを横取りして経験値掠《かす》め取ってきただけはあるんよ」

　得意げにしていたケルトだったが、メアベルから思いっきり横槍《よこやり》をぶっ刺されて表情を歪めていた。

「……ただ、エルマよ。決定打はルーチェ頼みでいいのか？　道化師は速度の手数で翻弄するクラスだろ。防御力の高い、ウミオニ相手じゃ、アタッカーとしては相性が……」

「〈竜殺突き〉！」

　片眼を失ったウミオニの背後に回り込んだルーチェが、腰を深く落としてナイフを突き出す。髑《どく》髏《ろ》の形をした紫の光が広がる。

〈奈落の凶刃〉【特性スキル】
クリティカル成功時の攻撃力を二倍にする。

　ウミオニが体液を撒《ま》き散らしながら、派手に宙を舞った。地面に頭部から落下して、ベチャッとその身体が潰れる。

【経験値を４４６取得しました。】

　遅れて経験値の取得メッセージがやってきた。

「よし、一匹仕留めましたよう！」

ルーチェが得意げにそう口にする。

「今……何やった？」

ケルトがあんぐりと口を開けて、潰れたウミオニの死骸へと目を向ける。

「〈嘆きの墓所〉じゃ確かに敵の気を引くのに終始してもらっていたが、ルーチェのメインはアタッカーだぞ」

あのときは〈死神の凶手《きょうしゅ》〉がなかったため、〈ダイススラスト〉頼みで威力が控え目で安定性もなかったことが大きいが。

「な、なんだ今！」

「ウミオニが空を飛んでたぞ！」

こちらの様子に気がついた冒険者達が、驚愕《きょうがく》の声を上げているのが聞こえてきた。

3

「ビュッ！」

「ビュイッ！」

仲間の一体を消し飛ばされたウミオニ達は『ルーチェを最優先で倒すべきだ』と判断したらしく、一気に彼女目掛けて動き出した。

「〈アイス〉！」

「ビュッ！」

メアベルはウミオニ達の進路目掛けて杖先から氷塊を撃ち出し、ウミオニ達の動きを牽制《けんせい》した。

その隙に俺はウミオニの影を踏みつけた。行動阻害するスキル、〈影踏み〉である。

「悪いが、俺と戦ってもらうぞ！」

「ビュ……」

ウミオニが忌々しげに俺を振り返る。その背へと目掛け、ルーチェが飛び掛かってきた。

「〈竜殺《りゅうさつ》突き〉！」

「ヴィエッ！」

ルーチェの攻撃の前に、またウミオニ一体の身体が爆《は》ぜる。

【経験値を５１０取得しました。】

「よし、二体目も取りました……！」

だが、〈竜殺突き〉の隙を狙い、別のウミオニがルーチェを標的に捉え、魔法陣を展開していた。

「ルーチェ、とにかくその場から逃げろ！　〈ウォータースラッシュ〉が来るぞ！」

俺が叫んだ直後、飛来してきた矢がウミオニの額に突き刺さった。

「ビィッ！」

ウミオニは矢の勢いで頭を大きく弾かれる形になり、奴の展開していた魔法陣が途切れた。

「ナイスだケルト！」

　こうして順調にウミオニ狩りは進んでいった。

　レイドが〈夢の穴《ダンジョン》〉の入り口周辺を占拠しているウミオニ狩りを終えたとき、俺達の周囲には十体のウミオニの亡骸が横たわっていた。

「……すげぇ勢いで狩れちまったな。感覚麻痺《まひ》し掛かってたが、【Lv：63】ってかなりの強敵だからな。お前と行動してるときは経験値の伸び方が桁外れだよ」

　ケルトが周囲を見回しながらそう口にした。

　他のパーティーが、狩ったウミオニの数はせいぜい一体や二体のようであった。こちらに羨望の眼差しを向けている冒険者も多い。

「ルーチェのビルドは爆発力の上限こそ抑え気味だが、素早さがあるから対応力があるし、条件制限みたいなものもないからな」

「あれで抑え気味だったら他のアタッカークラスが泣いてるぜ」

　ケルトが呆れた表情でルーチェの方を見る。

「あーっ！　皆さん、来てください！　このウミオニ、アイテム落としてますよ！　あっ、こっちのウミオニも！」

「……あれでドロップ強化も付いてるんだもんな。キャラビルドって本当に大事なんだな」

　ケルトが深く溜め息を吐いた。

　ルーチェが五つの小瓶を抱えて、俺達の方へと戻ってくる。中には青い液体が入っていた。

「変わったアイテムなんよ？　ポーション？」

　メアベルがぱちりと瞬きをする。

「〈海の雫《しずく》〉だな。錬金用アイテムだ。特殊なポーションの素材になる。一応、そのまま飲んでもちょっとした体力の小回復にはなるな」

「……ウミオニから出てきたと思うと、飲む気がしないがな」

　ケルトはルーチェの抱えている小瓶を一つ取ると、蓋を開けて手で扇ぎ、匂いを嗅いでいた。

「ケルト、下手に触るよりそのまま〈魔法袋〉に突っ込んでおいた方がいいぞ」

「毒でもあんのか？」

「一つ六百万ゴルドはする代物だからな」

　ケルトは素早く蓋を締めた。

「そっ、そういうことは、もっと相応のテンションで言いやがれ！」

　ケルトは俺へと怒鳴った後、頭を押さえた。

「……はぁ、眩暈《めまい》がしてきた。お前らといると、本当に感覚が麻痺してくるぜ」

「早速注目の的になっているようだな、エルマ」

　ふとそのとき、背後より声を掛けられた。

「人手不足で折角出張ってきたというに、まったく、お前に出て来られると、お嬢様が活躍しても話題を全てかっ攫《さら》われてしまいそうだ」

　女騎士イザベラと、ハウルロッド侯爵家の次期当主候補スノウであった。

　彼女達も今回のレイドに参加しているらしい。

　二人は次期当主候補としての実績作りのために奔走しているようなので、考えてみれば今回のレイドに参加しているのは当然ともいえた。

　こうして改めて会うと、スノウには威厳があった。従者であるイザベラの一歩前を悠然と歩き、感情の読めない冷たい眼差しで俺とルーチェを見やる。

　二人には何となく緩い印象が付き纏《まと》っていたのだが、大貴族ハウルロッド侯爵家の次期当主候補の座にいる人物なのだと再認識させられる。

　なんとなく緊張させられた。

　スノウは俺達の前に立ち、数秒沈黙を作る。何を切り出すのかと身構えていると、イザベラが背を屈め、スノウの耳許へと頭を寄せた。

「お嬢様、御二人に挨拶に来たのでしょう？　あの、やはり私から言いましょうか？」

「……す、少し待って、イザベラ」

　スノウはイザベラへとそう言い、タイミングを計るように深呼吸を挟む。

「い、以前は危ないところを助けていただき、ありがとうございました。歓待の席では、父様がご迷惑を……」

「まさか、気品ある藍色髪に、寡黙で厳格な佇《たたず》まい……。ハウルロッド侯爵家のご令嬢か⁉」

ケルトが俺の横へと立った。スノウがびくりと肩を震わせ、その場から一歩退いた。

「疑ってたわけじゃないが、顔見知りになったって話は本当だったんだな……」

「噂《うわさ》には聞いたことがあったけど、実際にお顔を拝見するのは初めてなんよ。この人が、あのハウルロッド侯爵家の……」

メアベルが出てくると、スノウが更に身体をすっと退く。完全にイザベラの背中へと隠れてしまった。

「こ、今回はツレがいたのか……」

イザベラがしまったというように表情を歪めていた。

「お嬢様、立て直せますか……？」

イザベラが声を潜め、スノウへとそう尋ねる。スノウは無言で小さく首を振った。

……人見知りのスノウには、初顔二人に横から出て来られるのは厳しかったらしい。

「あ、あまり恩を売った気にはならんことだな、エルマ！　ここまで事が大きくなった以上、流れ者の冒険者の出る幕などない。お前達冒険者など、せいぜい数合わせだ。あまり場を引っ掻《か》き回してくれるなよ。わ、私が言いに来たのはそれだけだ！　……ささ、お嬢様、こちらへ」

イザベラは早口で捲し立てると、スノウの背を手で押しながらそそくさとその場を去っていっ

た。

「なんだったんだ……？」

ケルトが呆気《あっけ》に取られたように、去っていくイザベラ達の背を眺めていた。

……スノウが冷酷な人物だと噂されている理由が何となくわかった。

無表情と人見知りだけではなく、イザベラのフォローの仕方にも難がありそうだ。もっとも、イザベラもイザベラでどうにかスノウの人見知りを誤魔化して威厳を保とうと必死なようなので、責められないところではあるが。

4

入り口近辺のウミオニを討伐した後、〈夢の穴《ダンジョン》〉の中へと突入することになった。

【〈水没した理想都〉：《推奨Lv：80》】

〈水没した理想都〉は、荒れ果てた廃墟《はいきょ》や瓦礫《がれき》の山が並んでいる〈夢の穴《ダンジョン》〉である。

足許には靴が浸かる程度に水が張っていた。名前の通り元々は街だったかのような外観ではあるが、それがむしろ〈夢の穴《ダンジョン》〉の無機質で不気味な雰囲気を強めていた。

首のない彫像が、半身を泥水に沈めていた。

「……不気味なところだとは聞いていましたけれど、想像以上ですね」

ルーチェが恐々とそう口にした。

今回の探索の目的は魔物の間引きと、〈夢の穴《ダンジョン》〉の魔力を高める〈哀哭《あいこく》するトラペゾヘドロン〉の破壊。そしてそれらが終わり次第、一度集結してからの〈夢の主《マスター》〉の討伐である。

各四人パーティーは、事前に配布された地図に記されたルートに極力沿って〈夢の穴《ダンジョン》〉を探索し、役割を熟していくことになる。

もっともこの〈水没した理想都〉はまだ冒険者がほとんど探索していなかったらしく、地図も穴だらけになっている。そのため地図への書き込みも目的の一つとなっている。

「馬車の中でも相談させてもらっていたが……今回俺は、ハーデン侯爵から『レイドに参加するなら裏切り者を捜してくれ』と頼まれている」

俺は探索を進めながら、今回の探索の手順を皆へと再確認する。

単純に事が進めばただの『ちょっと推奨レベルの高い〈夢の穴《ダンジョン》〉のレイド』に過ぎない。だがここまでハウルロッド侯爵家が関与しているのは、例の〈哀哭するトラペゾヘドロン〉の件と、それをばら撒いている相手側からの何かしらの妨害が入ると予想してのことである。

裏切り者を想定した動きを取るのは必要なことであった。

俺達が来る前から、既に数名のハウルロッド侯爵家の兵が〈水没した理想都〉の入り口を見張っていた。レイド開始前に〈夢の穴《ダンジョン》〉に出入りした冒険者がいないことを確かめるためのものだろう。

前回のように〈王の彷徨《ワンダリング》〉を引き起こされては困るため、その対策である。

レイドの事前説明では、入り口の見張りは最低でも半日以上前から付けるとのことであった。つまり、事前に〈夢の穴《ダンジョン》〉の内部に忍ばせておいた人間が〈王の彷徨《ワンダリング》〉を引き起こすには、半日以上この魔物溜まり《モンスタープール》の発生した推奨レベル【80】の〈夢の穴《ダンジョン》〉に少数で待機した上で、こちらの突入に対して柔軟に行動する必要がある。

そういった可能性はまず考慮しなくていい、ということだ。そうなると警戒せねばならないのは、同時に突入した冒険者に裏切り者が紛れ込んでおり、先回りして〈夢の穴《ダンジョン》〉内に何かしらの罠《わな》を仕掛けられることである。

「だから俺達は最速で〈夢の主《マスター》〉の部屋を目指して、そこに別の人間が近づけないようにブロックする。レイドの目的である、魔物の間引きや地図の作成、例の宝石の破壊は二の次だ」

俺は地図に記されている、〈夢の主《マスター》〉の居場所を指で示した。

〈夢の主《マスター》〉の間への道さえ押さえておけば、レイドが壊滅するような厄介な現象を誘発されることもない。俺達が先に陣取っていれば相手側も迂《う》闊《かつ》な行動は取れないはずだ。

ここまでは既に馬車内で説明したことで、ケルトやメアベルからも了承を得ている。

ギルドの命令を無視して独断行動することにはなるが、これについてはハーデン侯爵から言い含められていることなので、後々咎《とが》められることもない。そもそも〈夢の穴《ダンジョン》〉内での行動なんてどうとでも取り繕《つくろ》えるものなので、その点を心配する必要もないのだが。

「そういえばメアベルは、さっきのウミオニ狩りでレベルは上がったか？」

「ううん……申し訳ないけど、一つも上がってないんよ」

「そこまでレベルの高い相手じゃなかったし、戦闘貢献も稼ぎにくいポジションだから仕方ないな……」

メアベルのレベルを上げておきたかったが、そう上手くはいかないか。

速攻でレベルを上げたいのなら、数を狩るよりも、多少無理をしてレベル上を狙うしかない。これは〈マジックワールド〉の鉄則である。

デスペナルティのレベルダウンと、効率的なレベルアップを天秤《てんびん》に掛けて行動するのが〈マジックワールド〉の楽しみの一つでもあった。

……もっともこの世界はワンライフ制なので、あまり無茶はできないが。

「このメンバーで安全に狩れるレベル上の魔物を、移動しながら見繕う必要があるな……。こればかりはエンカウント次第だから、タイムリミットもある現状、難しいところだが。出現率の高い、ウミオニ辺りの魔物は基本的に倒さず戦闘を避ける形で進むか」

俺は言いながら、地図に道筋を加筆していく。

「ここは路地に入った方が、結果的に近くなりそうだな。挟み撃ちにあっても逃走か撃退は充分できるから、その程度のリスクならとってもいい……」

崩れた家屋の間の、細い道へと目を向ける。

「……なんでエルマさん、まだ見てもない先の道を加筆してるんよ？」

地図を覗《のぞ》いたメアベルが、不思議そうにそう口にする。

彼女の言葉に俺は頷《うなず》いた。

「〈夢の穴《ダンジョン》〉の生成ルートにはパターンや制限がある。ランダムとはいえ、矛盾した地形にはならないし、〈夢の主《マスター》〉の部屋のような特殊な場所は入り口から一定の距離があるようになっている。後は『こうなりやすい』という偏りもある」

ちょっとしたパズルのようなものである。

「全体の三割の確定情報があれば、もう二割程度なら概ね見えてくる。よし、このルートなら最速で辿《たど》り着けるはずだ。少なくとも他の冒険者に対して、かなり優位にリードが取れた。まず出遅れることはないだろう」

俺はぐねぐねと曲がった矢印を加筆した地図を広げて、ルーチェ達へと見せた。途中で実際に目視で道を確認して多少修正することにはなるだろうが、大きくは間違えていないはずだ。

「な、なるほど……これに従えば、最短で〈夢の主《マスター》〉の許《もと》へと到着できるんですね……？」

ルーチェが半信半疑といった様子で地図を覗き込む。

「話を聞いても、なんでわかるのか全く理解できないんよ……」

「お前と敵対した奴に、心底同情するよ……」

メアベルとケルトが、何故か呆れた風にそう口にした。

5

狭い路地のエリアを抜けている途中、俺達はウミオニ六体の群れと交戦していた。

「俺を置いて先に行ってくれ！」

「で、でも、あの数は……」

ルーチェが足を止め、俺の方を振り返る。

「早くしろルーチェ！　エルマが大丈夫だっつってんだ！」

先を走るケルトがルーチェへと叫ぶ。ルーチェが戸惑い気味に前方のケルトへと頷き、また俺の方へと顔を向けた。

「生きて追い付いてくださいね、エルマさん……」

「ああ、勿論《もちろん》だ！」

六体のウミオニは、数の利を活かそうと俺を囲もうとする。

俺は囲まれないように動きつつ、〈パリィ〉と〈マジックガード〉で奴らの触手を凌《しの》いでいく。

奥のウミオニが魔法陣を浮かべるのが見えた。

「ビュッ！」

魔法陣の中央より、水の刃が放たれる。〈ウォータースラッシュ〉のスキルである。

「はい、〈シールドバッシュ〉！」

前方のウミオニを盾で押して弾き飛ばし、〈ウォータースラッシュ〉への盾にした。

「ビィッ!?」

予想外の一撃を背に受けたウミオニは、戸惑い気味に首を左右に振り、周囲の様子を窺《うかが》っていた。

「よし、今だ！」

俺は先に行ったルーチェ達の方へと駆け出した。

「ビュウ！」

ウミオニ達が慌てて俺の背を追い掛けてくる。

ウミオニは素早さは低いのだが、重騎士もまた速度には難がある。加えて鎧《よろい》装備自体が移動速度にペナルティが入るのだ。

ウミオニ達が徐々に俺へと距離を詰めてきていたのだが……。

「ビッ！」

先行するウミオニの額にケルトの矢が命中した。矢の衝撃を頭部で受け止めたウミオニが前のめりに倒れる。別のウミオニの額にも続けて矢が命中した。

ウミオニ達が倒れている内に先へと距離を開けていく。

無駄な戦闘は徹底して避ける。それが今回のレイドにおいて俺が掲げていた方針である。

俺が気を引いている間に他の三人には先に逃げてもらって、俺が逃げるときにはケルトに補助をしてもらうことにしたのだ。

一定距離が開けば、速度のないウミオニは早々に追跡を諦めてくれる。

ゆっくりウミオニ狩りも悪くはないが、今回は少しでも先を急ぎたいのだ。防御力が高く、再生能力もあるウミオニの群れなんて狩っていれば、時間がいくらあったとしても足りはしない。

それにウミオニ狩りに力を入れても、肝心なメアベルのレベルを上げるには至らない。

「ビュウ！」

俺の背に迫ってきているウミオニが大きくを首を振り、ケルトの矢を寸前で躱《かわ》してみせた。

「悪い、エルマ！　そいつだけ動きが若干早い！　レベルの高い個体だ！」

「アタシが倒しに行った方が……！」

ルーチェがナイフを構える。俺は振り返り、盾でウミオニの身体を押し飛ばした。

「〈シールドバッシュ〉！」

ウミオニの身体が跳ね上げられ、地面を転がった。

これでかなり距離が取れた。一対一なら、レベル下で速度もないウミオニ相手に後《おく》れを取ることはない。

俺はそのまま前に走っていき、先行するルーチェ達へと追い付いた。ウミオニの群れは足を止めて俺達の方をじぃっと見つめていたが、やがてすごすごと引き下がっていった。

「……この赤い建物くらいの位置で振り切るって、本当に予告通りだったんよ」

メアベルが建物に手を触れ、呆れたように息を吐いた。

「未来でも見えてんのかお前、なぁ？　変なスキル隠し持ってたりしてねぇか？」

ケルトが眉を顰めて、俺へと尋ねる。

「通常個体のウミオニの〈ステータス〉の幅は知っているからな。〈ステータス〉の移動速度への変換式、ウミオニが諦めてくれる距離の目安、不意打ちで矢を受けたときの硬直時間を把握していれば誰でもできる」

「……本当にどこでそんなもん覚えたんだ？　なぁ、エルマよ？」

「地図でいうと、かなり進んでるんよ。そろそろ〈夢の主《マスター》〉の間が近い……」

メアベルが地図を手に、そう口にした。俺が引き付けて体勢を整え、ケルトが足止めして時間を稼ぐ戦法が綺麗《きれい》に嵌《はま》っているお陰である。

「早すぎやしないか？　こりゃ他の冒険者が来るまで、大分長い時間待ち惚《ほう》けくらうことになるぞ。この速さでここまで突き進んで来られる奴がいるとは思えねえよ」

「早いに越したことはない。何も起こらなければ、それが一番いいわけだしな……」

とはいえもし本当に何も起こらなければ、魔物災害の悪化は妨げるものの、一連の騒動を引き起こしていた人物については何もわからず終《じま》いになってしまうのだが。

ふとそのとき、ケルトが突然振り返り、経路とは別の路地を睨《にら》んだ。

「おっと、近くになんかあるみたいだぜ。一応見ておくか？」

どうやらレアアイテムや危険な敵が稀《まれ》に感知できる、〈第六感〉のスキルが発動したようだ。

「寄り道はあまりしたくないが、一応確認しておくか」

時間的に余裕があるのは間違いない。

それにこのまま進めば、すぐに〈夢の主《マスター》〉の部屋についてしまう。できればそれまでにメアベルのレベルを二つ上げておきたいのだ。

ケルトに続いて移動する。

数分ほど移動したところで、俺と並んでいたケルトが足を早め、足場に張った水へと手を突き入れる。その手には、黒い歪《いびつ》な多面体の宝石があった。

「チッ、〈夢の穴《ダンジョン》〉にばら撒かれてたって話の〈哀哭するトラペゾヘドロン〉じゃねぇか。期待して損したぜ」

ケルトががっくりと肩を落とす。

「まぁ、一応、見つけ次第破壊するのがレイドの目的の一つではあったが」

ケルトが〈哀哭するトラペゾヘドロン〉を壁へと投げつけようと構えた、そのときであった。

「……あ？」

ケルトの足許から不意に、干乾びた猿のような化け物が飛び上がった。

黒い、長い爪を有していた。

化け物が爪を振るう。ケルトは咄嗟《とっさ》に背後へ跳びながら腕で身体を庇《かば》うが、肩へと鋭い爪撃《そうげき》を受けることになった。

「ガハッ！」

化け物は、魚のような下半身を有していた。

ケルトを襲撃した後は、素早く足場の水へと飛び込む。あれほど大きい身体を持つ化け物が隠れられるような深さはないはずなのだが、化け物の姿は見えなくなった。

「エ、エルマさん、今の……！」

見たことがない魔物であった。ただ、土に潜って泳ぐスキルと、人と魚の合わさった姿には覚えがあった。

「恐らくレアモンスター人魚の、存在進化体だ！」

本来、人魚は逃げ回ることしかしない、黄金ラーナに似た魔物である。黄金ラーナのように飛び抜けて経験値が高いわけではないが、稀少《きしょう》なアイテムを落としてくれるのだ。

それがどうやら〈哀哭するトラペゾヘドロン〉で〈夢の穴《ダンジョン》〉が不安定になっている中で、何かしらの特殊条件を満たして存在進化へと至り、凶暴性を手にしたようだ。魔物災害の渦中にある〈夢の穴《ダンジョン》〉では何が起こっても不思議ではない。

しかし、こんな方向から不意打ちを受けるとは思っていなかった。恐らくこの魔物は、レアアイテムの近くにいれば冒険者が寄ってくると踏んで、この場所でずっと潜伏していたのだ。

ゲーム時代より明らかに知性の高い魔物が紛れ込んでいることはわかっていた。だが、この手の特異現象との合わせ技で来られるとは、さすがに想定が追い付いていなかった。

「手の内がわからない。俺が気を引くから、メアベルとケルトは、距離を置きながら中距離で援護を頼む。そこから反撃した方がいいか、逃げるべきかを見極めてまた……」

　ケルトがその場で膝を突いた。

「……悪い、エルマ。アイツの爪……麻痺毒付きだ」

　俺は唇を噛《か》んだ。

　敵がどう仕掛けてくるか見えない現状で、斥候《せっこう》タイプのケルトが行動妨害の麻痺を受けたのは手痛い。まず僧侶クラスのメアベルにケルトの麻痺を治癒してもらう必要があるが、恐らくその前にあの化け人魚が再び姿を現して襲撃してくるはずだ。

　三人に距離を取ってもらうことができなくなった以上、全員で固まっておいた方がいい。

「作戦変更だ！　一気にあの化け物を討伐するぞ！」

6

「どこから出てくるかわからない！　背を合わせて構えろ！」

　俺は皆へと叫んだ。ルーチェ、メアベルが、麻痺で動けないケルトの横へと素早く付いた。

「メアベル、ひとまず麻痺の治癒は後回しだ！　恐らく回復に出たところを狙って来る！」

「わ、わかったんよ！」

メアベルが俺の指示に応じる。

「音が聞こえた……そっちだ！」

ケルトがルーチェの前を指差す。

どうやら狩人のスキル〈聴覚強化〉が反応したようだ。その言葉と同時に、水面を突き破って化け物が姿を現した。

「アァァアアア！」

人間らしき上半身に、魚の下半身……といえば、幻想的な姿の人魚を連想するが、目前の化け物は獣染みた怪相に、ミイラのような姿をしていた。

魔物：悪樓《あくろ》
Lv：76
HP：270／270
MP：127／132

どうやら悪樓という名前らしい。麻痺攻撃に潜伏と、所有スキルが凶悪過ぎる。

「このっ……うぐっ！」

　ルーチェのナイフと悪樓の爪がぶつかった。ルーチェは後方へ弾かれ、悪樓は水面に半身を沈め、素早く泳いで彼女への追撃を試みる。

「〈アイス〉！」

　メアベルが悪樓へ氷塊を放つ。悪樓はそれを、水面へと完全に身を沈めて回避した。

「厄介な……」

　できれば〈死線の暴竜〉は切りたくない。今回のレイドでは何が起きるかわからないのだ。ＨＰ・ＭＰの自然回復のための休息に時間を取るわけにもいかないし、メアベルの回復魔法を頼るにしても、彼女のＭＰは極力大切に使っていきたい。

　そしてそれ以上に、現状では〈死線の暴竜〉を切り辛い。一撃攻撃を受けてから〈ライフシールド〉でＨＰを調整したいのだが、悪樓は如何せん麻痺攻撃持ちである。下手に受ければ、反撃できずにそのまま殺されかねない。

「俺の矢で、奴の位置を示す！　そこを叩いてくれ！」

　ケルトが弓を構えながら叫んだ。

「そうか、それなら……！」

　俺は剣を構えた。

　〈聴覚強化〉のあるケルトなら、奴の潜伏している場所がわかる。出てくる位置さえわかれば、悪樓の強襲も脅威ではない。

「そこだ！」

　ケルトの矢が地面に刺さった。

　俺は素早く、矢の許へと跳ぶ。次の瞬間、水面より悪樓が現れた。

「アアアアアアッ！」

「〈パリィ〉！」

　悪樓の爪を、身を引きながら上へと弾く。続けて俺は盾を前へと突き出した。

「〈シールドバッシュ〉！」

「アアッ！」

　悪樓の身体が宙へと浮いた。

「これなら行けます！」

　ルーチェが腰を落とし、ナイフを構える。無防備に跳ね上げられた悪樓へ〈竜殺《りゅうさつ》突き〉を放つつもりのようであった。

　だが、次の瞬間、悪樓の姿がブレたかと思えば、三つに分身した。

「嘘《うそ》……これ、〈ドッペルイリュージョン〉……!?　ううっ！」

　ルーチェが刺突を放つ。

　本体へと攻撃を放ってこそいたが、動きに迷いがあったためか、技が甘くなっていた。悪樓は身体を捻って躱し、傷を浅く抑える。

〈竜殺突き〉のクリティカル率は幸運力に左右されるが、技の芯で捉えなければ前提条件も満たせない。

「きゃあっ！」

ルーチェが腹部に爪撃を受けた。

ケルトの放った矢を、悪樓はまた水面へと沈んで回避する。

「ルーチェ！」

「ご、ごめんなさい……」

ルーチェの様子を見るに、彼女にも麻痺が入っている。

ケルトに続いて、ルーチェがやられた。

麻痺が入ると、不規則な行動阻害と共に、大幅に速度が落ちることになる。魔物側がそれなりに気軽に使って来る割には対応の困難なスキルである。二人に麻痺が入ったことで、いよいよ隙を見つけて回復して逃走を図ることが難しくなった。

「とにかく、一人は回復しないと後がないんよ……！」

メアベルがケルトへと杖を向ける。

「おい、焦るな！　お前の足許から来る！」

ケルトが声を荒らげた。

待っていたとばかりに、水面を破って悪樓が姿を現す。メアベルは杖で直撃を防いだが、腕を爪で抉《えぐ》られていた。これで三人に麻痺攻撃が入った。

「この……〈影踏み〉！」

俺は悪樓の影を踏む。

「アア……？」

メアベルへ追撃を仕掛けようとした悪樓の動きが止まる。

……メアベルに攻撃しようとした隙を突いて、どうにか素早い悪樓の動きを〈影踏み〉で止めることができた。

これで〈土泳魚《どえいぎょ》〉のスキルで土に完全に潜ることもできなくなるはずだ。

だが、犠牲は大きかった。三人麻痺状態では悪樓相手に戦えない。

「冷静になれメアベル！　俺よりルーチェを回復しろ！　あの気色悪い魚相手に決定打を取れるのはアイツだけだ！」

ケルトが叫ぶ。ケルトの声を聞いて、メアベルがハッとしたように目を見開く。

「わ、わかったんよ！」

「アアアアアッ！」

悪樓が地面を泳ぎ、俺へと直進してくる。

俺は〈マジックガード〉で悪樓の攻撃を防いだ。

〈影踏み〉の発動の間は一歩も動くことができない。足の位置を調整し、敵の攻撃に備えるために構え直すことさえ難しくなるのだ。

　だが、メアベルがルーチェを回復するくらいの時間は俺一人でも稼いでみせる。

　影を踏んでいる足を軸に身体を回し、悪樓の爪撃を捌く。

「〈パリィ〉！」

「アァア‼」

　弾かれた悪樓は、素早く土へと半身を沈める。

……本当に厄介な魔物だ。かなり発現率の高い麻痺攻撃に、自在に潜伏できる〈土泳魚〉。加えて高レベルかつ、パラメーターが素早さに特化している。

レベルの割には一撃が軽いが、当て逃げを繰り返して自身のスキルで対象を嬲《なぶ》り殺せる〈ステータス〉構成になっている。そして何より、悪樓はそれらを狡猾《こうかつ》に使い熟し、確実に獲物を仕留めるための知性を有している。

　すぐに再度飛び掛かってくるかと思いきや、悪樓は俺の周囲を円を描くように回り始めた。

「まさか、今ので〈影踏み〉の弱点を理解したのか？」

〈影踏み〉の発動中は足の位置を入れ替え難いため、悪樓のような素早い相手に死角へ回り込まれると、攻撃への対処が難しくなる。

　加えて悪樓は土に潜っているため攻撃姿勢が極端に低く、しっかり向かっていなければ攻撃への対応が難しいため尚更である。

やっぱりこいつ……レアアイテムの傍でじっと冒険者を待っていたことといい、知性が高すぎる。魔物の知恵についてはエンブリオ戦のときから悩まされていた問題だが、ゲーム時代との一番の違いがこの点かもしれない。

7

「アアア……！」

悪樓が俺の死角へと回り込もうと動く。

悪樓は俺が〈影踏み〉で動けない、現在の間合いでの外側を綺麗に泳いでいる。

……このままでは悪樓の攻撃に対応できない。元々素早さのない重騎士が麻痺まで受けたら、もはやただの的である。

悩めば最悪の事態へ陥る。俺は考えるより先に、〈影踏み〉の維持を捨てて前に出た。

「アアッ！」

なまじ頭の回る悪樓だからこそ、俺が〈影踏み〉に徹している今は安全だと思い込んでいたらしい。悪樓は一瞬その場で停止した後、後れを取り戻そうとするかのように慌てて飛び掛かってきた。

俺はそこを叩く準備は既にできていた。

「〈シールドバッシュ〉！」

ルーチェ達が立て直す時間を少しでも稼ぐため、皆とは別の方向へ殴り飛ばす。

悪樓は勢いよく地面に身体を打ち付けるかと思いきや、そのままスムーズに〈土泳魚〉のスキルで地面に潜り、〈シールドバッシュ〉のダメージを回避していた。

「器用な奴め……」

四人掛かりで、こちらがまともに攻撃に出られていない。せいぜい俺達の与えたダメージは、ルーチェの不完全な〈竜殺突き〉くらいである。

もっとも、ルーチェは元々速さで敵を翻弄する道化師クラスである。素の攻撃力自体はかなり低めであり、クリティカルのない単発火力の掠り傷では、ほぼ無傷にも等しい。

「〈パララヒール〉で麻痺を回復してもらいました！」

ルーチェが俺の横へと立つ。

「アタシが今度こそ、〈竜殺突き〉で消し飛ばしてやります！」

ルーチェがぎゅっとナイフを握る。

「……ただ、〈ドッペルイリュージョン〉が厄介だな」

「だ、大丈夫です！　見極められなかったら、三分の一を引いたらいいんです！　アタシ、こういうの得意ですから！」

「三分の一を引くのはルーチェは得意だろうが……幻影かもしれないと迷いながら振るって、クリティカルを出せるものじゃないぞ」

〈竜殺突き〉は、集中して精神を研ぎ澄ませた一撃を放つことで、安定してクリティカル攻撃を狙うことのできるスキルである。

成功率が幸運力に依存するところもあるが、そもそもその前に敵を芯で捉える必要がある。空振れば麻痺攻撃が飛んでくる状況で、雑念のない一撃を放つというのは難しい。

この辺りのレベルになってくると、ルーチェの素の攻撃力ではまともにダメージが入らない。〈竜殺突き〉なしで悪樓を倒し切るのは困難だ。

メアベルもケルトも攻撃特化のクラスやビルドではないため、彼らにアタッカーを熟してもらうことも不可能だ。いっそ〈ダイススラスト〉で【六】頼みで動いてもらった方がいいかもしれないとも考えたが、さすがに余裕のなくなった今から安定しない戦法へと切り替えるのはリスクが高すぎる。

「もう一度俺が〈影踏み〉で押さえ込んで、そこを叩いてもらうしかないか……」

もっとも、ただでさえ素早い上に、自在に地中へ逃げられる悪樓相手に、それが容易に叶《かな》うともあまり思えなかったが。向こうもこのスキルを警戒しているはずだ。

「そっか……幻影じゃないと、そうわかっていたらいいんね」

メアベルがぐっと杖を構える。

「メアベル、何を……」

「来るぞ、ルーチェの方だ！」

俺が問うより先に、ケルトが叫んだ。

水を飛ばしながら、三体の悪樓が現れる。

姿を現すと同時に〈ドッペルイリュージョン〉を使うことで、どれが本体なのかを見切らせなくする戦法らしい。派手に飛沫《しぶき》を上げたのもどうやらその一環のようだ。

「三分の一、三分の一……！」

ルーチェが自分に言い聞かせるように、繰り返し呟く。

「〈エリアヒール〉！」

メアベルを中心に、広範囲に光が広がる。

光は俺達を、そして三体の悪樓をも包み込んだ。だが、悪樓の内二体は、回復の光を透過していた。

「よくやったメアベル！」

「アアッ……！」

思惑の外れた悪樓が、動きを止めてルーチェから距離を取って逃げようとする。俺は回り込むように悪樓へ接近し、至近距離から剣の腹で奴の身体をぶん殴った。

「〈当て身斬り〉！」

鈍い音と共に、悪樓の身体が跳ね上げられる。ルーチェが悪樓へ接近し、深く腰を落とした。

「〈竜殺突き〉！」

「アオオッ⁉」

ルーチェの放った一撃が、悪樓の胸部を貫いた。

悪樓の身体が水面へと落ちる。

重傷のはずだが、紙一重で仕留め損なったようだ。

悪樓はそのまま〈土泳魚〉で逃げようとして頭を水中に潜らせたが、突き出した尾をフリフリと左右に振るばかりで、それ以上は進まなかった。

「アア……ア？」

俺は〈影踏み〉で、がっちりと悪樓が逃げられないように押さえていた。

「メアベル、頼む！」

「え……ウ、ウチなんよ？」

メアベルが驚いたように俺を見る。

「ああ、最初に言っていただろう？　メアベルに途中でレベルを上げておいてもらうのがいいと」

「で、でも、経験値掠め取るみたいで気が進まないんよ……。【Lv：76】の経験値なんてB級冒険者でも貴重だし、別にウチら固定で組んでいるわけでもないのに……」

そのとき、地中へ潜ろうと必死に尾を振っていた手負いの悪樓が、どうやらスキルで押さえつけられているらしいと悟ったらしく、身を翻して俺へと飛び掛かってきた。

「アオオオオッ！」

「エルマさん、悪樓が……！」

破れかぶれの強襲……まともに速度も出ていなかった。俺とて別に油断していたわけでもない。

俺は盾の角度を整え、〈シールドバッシュ〉でメアベルの方へと悪樓を弾き飛ばした。

「メアベル、パス」

「アアッ!?」

「わっ、わわっ！」

メアベルは咄嗟に、力任せに杖を振った。ゴスッと鈍い音が響き、悪樓の顔の肉が大きく抉れた。

【経験値を２０４８取得しました。】

【レベルが74から75へと上がりました。】

【スキルポイントを１取得しました。】

ひっくり返った悪樓が、大の字で地面の上に仰向けになっていた。

「け、結局、最後の一撃もらってしまったんよ」

メアベルが申し訳なさそうに口にした。

8

「レベルは上がったか？」

俺はメアベルへとそう尋ねた。

「きっちり二つ上がったけど、う〜ん……なんだか申し訳ないんよ」

メアベルが眉尻を下げて、そう口にする。

「俺にとっても、そうしてもらった方がありがたかったんだ。それに回復役はレイドだとギルドからの手当てが保証されているとはいえ、前の探索のときもしっかりと配分できた気がしていなくてモヤモヤしていたからな。いい機会だった」

「レベルは上げたかったし、そう言ってもらえるのはありがたいけど、ううん……」

「いいんじゃねぇのか。〈嘆きの墓所〉でも、お前だけ大して経験値入ってなかったんだろ？」

ケルトも俺の言葉に同調した。

「あのときも普段の探索の十倍近くは入ってたんよ。回復クラスはどうしてもレベルの上がりが遅いから、そこは別にエルマさんらが気にしなくてもいいのに」

ルーチェがふと気が付いたように、悪樓の亡骸へと駆け寄っていく。

元々ミイラのような外見だった悪樓は、時間経過に従って肉が急速に風化し、ほとんど消えかかっていた。ルーチェは干乾びた悪樓の肉片を搔き分け、銀色の輝きを放つ腕輪を取り出した。

「あー！　皆さん、装備アイテムがドロップしてましたようっ！」

ルーチェが嬉しそうにそう口にする。

「……なぁ、装備アイテムってそんなぽんぽんドロップするものじゃねぇと思うんだが。〈嘆きの墓所〉でもよく落ちてたけど、そんなによく出てくるものなのか？」

「まぁ、ここぞというときに落ちない方が珍しいくらいには出るか。ルーチェの幸運力は桁外れに高いからな」

「小さい街だとアイツ一人で物価が変わるぞ……」

道化師で初期スキルツリーに〈豪運〉があるケース自体、キャラメイクとリセットをそれなりに繰り返さなければ引けないセットである。

隠しパラメーターの幸運力に至っては、キャラメイクして〈豪運〉持ちの道化師を引いた上で、ある程度レベルを上げて、幸運力を検証できるスキルを百回近く発動して偏りを調べる必要がある。ゲーム時代でさえここまで完成された〈ステータス〉を誇る道化師はなかなかお目に掛かれなかった。

ルーチェの掲げる腕輪には、人魚を中央に囲む複数の魚の浮き彫りがなされていた。魚の目には小さな水晶玉が埋め込まれている。

俺は腕輪を〈ステータス〉で確認した。

〈人魚の腕輪〉《推奨装備Lv：76》

【魔法力：＋15】
【市場価値：四千三百万ゴルド】
深海の国の腕輪。人魚の強い魔力を帯びている。
所有者に〈水属性耐性〉と〈麻痺耐性〉を与えてくれる。

「おお、なかなかの性能だな」

腕輪は装飾系の装備アイテムに分類される。

〈マジックワールド〉では、装飾系の装備アイテムは二つ以上着けることはできない。身に着けても優先度が高い方のアイテムの効果が反映される。

装飾系のアイテムは武器に比べれば性能が控え目で、特に低レベル向けのものはほとんど効果を実感できないレベルのものが多く、どうせすぐ不要になるからと後回しにされることが多い。

ただ、レベルが上がり難くなってくる七十台後半向けのもので、補正値もそれなりに高く、耐性スキルが二種ついているのはかなり有用だといえる。特に状態異常・麻痺はかなり凶悪なので、耐性装備は持っていて損はない。

「よ、四千三百万ゴルドだと⁉」

同じく確認したケルトが、唖然《あぜん》と口を開けて〈人魚の腕輪〉を見つめていた。

「いや、これは値段より性能の有用さの方に目を向けるべきだ。耐性装備なんて〈魔法袋〉に入れとけばいつか使う時が来るんだし、魔法力を高めたくなる場面だって少なくない。価値のわかる奴なら、もっと高値を付けてくれるだろう。ただ、それでもこの腕輪を売るのは勿体《もったい》ない……」

「まず値段だろうがよ！　お、お前の感覚の方が絶対おかしいからな⁉　マジでこんな頻度でポコポコ高額ドロップしてるのかよお前ら！」

　ケルトが早口でそう言った。

「じゃあこの腕輪は、トドメを刺したメアベルさんのものですね！」

　ルーチェがメアベルへと〈人魚の腕輪〉を差し出した。

「え、え、えぇっ⁉　さすがにまずいんよ！」

「でも、そういう取り決めでしたし……」

「俺も前回、それでもっと高額な装備品をもらっている。別に俺達にとって魔法力の上昇はそこまで美味しくない。メアベルが使った方がいいだろう」

「四千三百万ゴルドの扱いをそんな気軽に決められるの、絶対におかしいんよ⁉　エルマさんら、絶対に感覚麻痺してるんよ⁉」

「……な、なぁ、エルマよ。もう一体、悪樓を探しに行かねぇか？」

　ケルトがとんとんと、俺の背を叩く。

「今回のレイドは、一応最速で先回りしておきたいからな」

「別にそう焦らなくても、エルマほど早く最奥部まで来られるような奴はいねぇって。他の奴ら、あと数時間は掛かるだろうよ。な？　な？」

　ケルトが完全に〈人魚の腕輪〉の価値に心を奪われている。俺は誤魔化すように苦笑いを浮かべた。

「とりあえず装備はしておいた方がいいですよ。メアベルさんの魔法力が上がったら、アタシ達も戦いやすくなりますし」

「うう……四千三百万ゴルドに、傷付けそうで怖いんよ……」

　ルーチェに説得され、メアベルが恐る恐る〈人魚の腕輪〉に手を通していた。

「……と、そうだ、メアベル。〈信仰の杖〉にスキルポイントを割り振っておいてくれ」

　俺はメアベルへとそう頼んだ。忘れない内にやっておいてもらった方がいい。

「わ、わかったんよ」

　メアベルが〈ステータス〉を開き、スキルポイントを割り振っていく。

「う～ん、やっぱりこのスキル、そんなに戦況を変えてくれるものには見えないんよ。コスパも悪いし……。ここの〈夢の主《マスター》〉に使えるん？」

「まぁ、保険の保険ってところだな。俺もまず必要ないとは思っている。ただ、〈信仰の杖〉は専用スキルツリーだし、どう転んでも無駄にはならないからそこは安心してくれ」

「なるほどなんよ……？」

　メアベルが首を傾げた。

「……チッ。まぁ、こんな高レベルの〈夢の穴《ダンジョン》〉で欲を出すべきじゃねぇか。なあ、エルマよ、また今度俺と……！」

ケルトは作り笑いを浮かべてそこまで口にしたところで、唇を噛んで表情を曇らせた。

「どうしたケルト？」

「……足音、一人。こっちに誰か近づいて来てる」

俺も即座に仕舞いかけていた武器を構えた。

俺達はレイドの目的を無視して、ギルドが摑《つか》んでいたよりも正確な地図を用いて、ほぼ最短でこの〈夢の主《マスター》〉の部屋近くまで来たのだ。多少遅れたとはいえ、この早さでレイドの内容を熟しながらここまで追い付いてこられたとはとても考え難かった。

「誰が出てきても絶対に心を許すな。隙を見せたら一瞬だ。対人戦は、魔物相手より遥かに簡単に人が死ぬ」

冒険者と魔物には大きなパラメーターの差がある。それは魔物はレベルが高い個体ほど、ＨＰの上がり幅が大きくなっていく、という点である。故に魔物戦は、如何《いか》に相手の膨大なＨＰを削っていくかの戦いになる。

対人戦は一瞬だ。自身の技術とこれまで育ててきたスキルツリーを武器に、一度でも流れを摑んだら相手に抵抗を許さずそのまま殺し切ることが求められる。

第五話　夢神《むじん》の尖兵《せんぺい》

1

俺達四人の間にひりついた空気が走っていた。誰も一言も漏らさず、己の武器を構えて、ケルトの示した方向を睨《にら》む。

やがてケルトの口にした通りに人影が見え、足音が近づいてきた。

現れた人影は俺達を見て、緊迫した表情を一転穏やかな笑みへと変え、構えていた剣を下ろした。

水没した廃都に吹く風が、彼の長い銀髪を靡《なび》かせる。

「よかった……君達か。てっきり裏切り者かとも考えたが、墓所でスカルロードを討伐した君達ならば手放しに信頼できるな」

現れたのはＡ級冒険者、〈黒き炎刃《えんじん》〉カロスであった。

ケルトが長い息を漏らし、場の空気が弛緩《しかん》する。俺が尻目に背後を確認すると、ルーチェとメアベルが武器を下ろすのが見えた。

俺は息を呑《の》み、呼吸を整えてからカロスの顔を見る。

「カロスだったか」

「凄いね……この短時間でここまで奥に踏み込むだなんて。やはり君達に目を掛けていたのは間違いではなかったな」

カロスが優しげに目を細めて、俺達の功績を称える。

「地図の規定ルートは少々短縮させてもらった。ケルトが〈第六感〉で嫌なものを感じ取ったらしく、様子を見ておきたいということになったんだ」

俺はちらりとケルトの方を振り返り、目配せする。

「ん？　ああ……まぁな」

ケルトは歯切れの悪い口調でそう零し、物言いたげに俺を見る。あまりスキルについて口外してほしくないと目が語っていた。

「ヒルデ達はどうした？　一緒に行動していたはずだが」

「私は感知スキル……〈気配感知〉を持っている。これで私より先行する者達を見つけてね。普通の冒険者とは思えなかった。例の裏切り者は相当な強者だ。接触すれば、ヒルデ達では実力不足だと考えた。彼女達は他のパーティーを呼びに向かってもらい、私が単独で先行させてもらうことにしたんだ。もっとも……蓋を開けてみれば、君達だったわけだけれど」

「あれ……？」

カロスの言葉に、ルーチェが表情を歪《ゆが》ませた。

「あ……あのぅ、カロスさんって、〈第六感〉持ちじゃなかったんですか？」

ルーチェの言葉に、カロスがぽかんと口を開けた。何の話なのか摑《つか》めなかったらしい。

ルーチェの指摘通り、以前俺と彼女は、ヒルデ経由で、カロスが〈第六感〉持ちであることを確かめている。

魔剣士が〈第六感〉を有しているのはおかしなことではないが、戦闘クラスの魔剣士が〈第六感〉と併せて全く別系統の感知スキルを有しているのは、はっきりいって異常なキャラビルドだ。普段から俺と話して知識を付けているルーチェもその違和感を嗅ぎ取ったらしい。

すぐにカロスが苦笑いを浮かべて頷《うなず》いた。

「……もしかしてヒルデから聞いていたのかな。すまない、騙《だま》すつもりはなかったんだ。ただ、自分のスキルを開示するのには抵抗があってね。〈気配感知〉はブラフだよ。私が持っているのは〈第六感〉……」

「ちょ、ちょっと待て！　カロスさんよ、お前……ずっと頻発する魔物災害を追って、貴族やギルドと連携していたんだよな？　〈第六感〉があって……今まで、あの不気味な宝石に気付かなかったってのか？」

ケルトが声を荒らげて指摘する。

そう、ケルトは二回〈哀哭《あいこく》するトラペゾヘドロン〉のばら撒《ま》かれた〈夢の穴《ダンジョン》〉に入り、その両方で〈第六感〉によるレアアイテムの感知効果での発見に成功している。

〈哀哭するトラペゾヘドロン〉を発見してギルドに知らせたのはケルトが初ということになってい

る。

　怪事件を追っていたカロスが〈第六感〉持ちであってそれらを発見できていないのは、いわれてみれば異様な事態だ。

　ゲーム仕様が現実化したこの世界で、〈第六感〉について、実際にスキルを有している人間でなければ細かい指摘はできない。それ故にケルトの言葉は重たかった。

　カロスの表情が一瞬消えた。俺自身の視界の端で、メアベルが武器を構え直したのが見えた。

「疑心に駆られるのはわかるが、落ち着いて説明させてほしい。エルマ……冷静な君ならばわかってくれると思う。今は大変な事態で、仲間割れをしている場合では……」

　俺は地面を蹴ってカロスへと斬り掛かった。

　カロスが素早く剣を抜いて防いだ。鋭い金属音が俺とカロスの間に響く。

「君はもっと冷静だと思っていたよ、エルマ。疑う気持ちは無論わかるとも。ただ、〈嘆きの墓所〉で〈王の彷徨《ワンダリング》〉を起こしたのは私ではない。それは私と同行していた冒険者達の証言からも簡単にわかること……」

　カロスが困ったような表情を浮かべて、窘《たしな》めるような口調で俺へと言う。

「アリバイのトリックには気づいていた」

「へえ」

　カロスは表情を一転させ、興味深そうな笑みを浮かべた。

俺はハレイン経由で〈嘆きの墓所〉の各冒険者の調査報告書に目を通している。

それを見る限りでは、〈王の彷徨《ワンダリング》〉の直前にパーティーから単身で離脱したような、不審な人間はいないように見えた。

俺はその際、一つの仮説を立てていた。

持っていない感知スキルで異常を感知したと嘘《うそ》を吐いて、『自身のスキルを伏せておきたいから異常をパーティー全員で目にしてから動いたと証言してほしい』と、メンバー達に言い含めておいた人物がいるのではないか、と。

ゲーム時代以上にこの世界において個人のスキルツリーの情報が重いのは、ケルトとメアベルの言葉から散々確認済みである。異常事態の調査とはいえ、目上の人間からそう言われればまず逆らおうとは考えないはずだ。

カロスはパーティーメンバーと共にスカルロードの〈王の彷徨《ワンダリング》〉を目撃して、彼らを逃がすために殿《しんがり》を務めていたと証言していた。

しかし、実態は恐らく違ったのだ。カロスは『〈第六感〉で〈王の彷徨《ワンダリング》〉を感知したため殿を務める』と仲間へ伝え、自身は単身でボス部屋へと向かい、そこでスカルロードを刺激して〈王の彷徨《ワンダリング》〉を引き起こしたのだ。

俺は先日徹夜疲れから口を滑らせたように装って、ヒルデに『カロスは〈第六感〉を有している』と鎌を掛けて、彼女からその証言を引き出している。

ただ、それでも仮説の上の仮説だ。俺が疑心を示してもケルト達の不安を煽《あお》るだけに終わる可能性があったし、俺自身もカロスを信じたかった。

だが、このタイミングでカロスと鉢合わせしたことで、俺の中の疑いは確信へと変わっていた。

そのためボロを出させてケルトやメアベルから見てもカロスが疑わしい存在であることが明らかになるように、俺はもう一つブラフを掛けて、同時に最後のチェックを行った。

もし〈第六感〉を有しているのが嘘であれば、実際に同じスキルを有している相手を目前にして、そのスキルの所有騙《かた》りを行うのを嫌がると考えたのだ。そのため敢えてケルトのスキルについて口を滑らせて反応を見た。

カロスはそれに引っ掛かってボロを出したばかりか、結局〈第六感〉についても充分な知識がないことをケルトから指摘されてしまった。

「カロスが裏切り者だ！　こいつは〈夢の穴《ダンジョン》〉調査の名目で上級冒険者を引き摺《ず》り込んで罠《わな》に掛けて、〈夢の主《マスター》〉の贄《にえ》にするためにずっと動いていたんだ！」

俺が叫ぶのと同時に、ルーチェが横から飛び込んできてカロスへと斬り掛かった。

「〈曲芸連撃〉！」

ルーチェが変則的な動きでナイフの連撃を繰り出す。

カロスは徒手の右手を突き出し、盾越しに俺を突き飛ばした。剣を片手で優美に操り、ルーチェの放った初見の〈曲芸連撃〉を尽《ことごと》く捌《さば》き、飛来してきたケルトの矢を事もなげに右手で摘まんでへし折った。

「嘘……！」

ルーチェが息を呑む。

「ハハハハハハハハ！」

カロスは楽しげな笑い声を上げると、勢いよく剣を振るい、ナイフ越しにルーチェを弾き飛ばした。

「ルーチェッ！」

ルーチェは地面に叩《たた》きつけられるかと思ったが、華麗に空中で回転し、綺麗《きれい》に着地してみせた。

カロスが軽々と数メートル程跳躍して俺達から距離を取り、背後の岩の上へと立った。

俺はカロスへと剣を向ける。

「妙だとは感じていたんだ。お前は執拗《しつよう》に俺へと、一連の事件が侯爵家の内部抗争によるものだと刷り込みたがっていた」

言いながら、俺はこれまでのカロスの様子を思い出す。

疑わしい要素はあったが、決定的な証拠は何一つなかった。それに俺は俺個人として、カロスを信じたかった。

王国の未来や、冒険者達の在り方を語る様子……何より弟子であるヒルデへの接し方が、どうしても俺には演技に見えなかったからだ。

そのせいで最後まで確信が持てなかった。あんな顔で嘘が吐ける人間を、俺は本当に見たことがなかった。

「教えてくれ……カロス。Ａ級冒険者なんて、金なんていくらでもある。この世界で最も自由な生き方ができる人間だ。力も名声も自由もある……お前には、こんなことをしなきゃならない動機が本当にあったのか？」

カロスは全てを手にしたはずの人間だからこそ、彼の王国を回って滅亡を食い止めているという話に俺は真実味を感じていた。

「エルマ……この世界に〈夢の穴《ダンジョン》〉が溢《あふ》れている理由を知っているかな？」

カロスは岩の上から悠々と語る。

俺は剣を向けたまま沈黙を保つ。

その隙に、ケルトとメアベルが後衛のラインを上げてくれているのを、足音で確認した。

カロスは明らかに俺達に対して油断している。全く対等な敵として見ていない。

「創造神であるアルザロスが、この世界の不条理を、悲劇を嘆いているからさ。アルザロスは神々が生み出した人間を消し去り、この世界を滅ぼし……無へと帰すことを選んだ」

カロスは自身の服の襟に手を掛けると、力ずくで引き裂いた。

胸元には刺青が入っていた。鎖で縛られる人間のような化け物が彫られている。

恐らくは、神々に封じられたアルザロスの姿を、聖典の記述から再現したものだ。

「我々〈夢神の尖兵〉はその手伝いをすることで、この世界から永遠に不条理と悲劇を取り除きたい。そのための〈夢壊《ソーク》〉なんだ。私は創造神の使者として、この世界の救世主となる！」

カロスは恍惚《こうこつ》とした表情でそう語る。

あまりに異様な様子であった。俺の横に並んだルーチェは、カロスを見上げて呆然《ぼうぜん》としていた。

「嘘ですよね、カロスさん……」

「〈黒き炎刃〉がこんなイカレ野郎だったとはな……！」

ケルトが俺の後方で、弓を引きながらカロスを睨む。

ただ、俺は何となく、カロスの語る話に嘘臭いものを感じていた。

自分の在り方に酔いしれているようだが、なんとなく本質的にそれらに対する関心が欠けているように感じられたのだ。

人から聞いたことを、ただそのまま話しているかのような空虚さがあった。それが俺の中で、先程の違和感と繋《つな》がった。

「よくわかったよ。カロス、お前は……戦いを楽しみたいだけなんだな」

正体を指摘されてから、カロスはずっと楽しげな笑みを浮かべている。

カロスの背後の組織については知ったことではない。ただ、恐らくカロス個人は、全てを手にした自分の強さを十全に活かせる最後の目標《エンドコンテンツ》がほしくなっただけなのだ。そのために滅茶苦茶な教義を掲げて、今、こうして王国中を敵に回そうとしている。

カロスの語る冒険者の在り方には真に迫るものがあった。世界を救えるのは選ばれた少数の英雄しかいないのだ、と。

もしかすると彼は、それが自身に見合う困難な試練でさえあれば、王国でも〈夢神の尖兵〉とやらでも、どちらでもよかったのかもしれない。

「君にもわかるんだね、嬉《うれ》しいよエルマ」

カロスが剣を空へと突き上げる。大きな魔法陣が展開され、カロスの周囲に大きな四つの黒炎が浮かび上がる。

魔剣士の専用スキルツリー〈魔人の剣戟《けんげき》〉で取得できる魔法スキル、〈ダークブレイズ〉だ。

「エルマ、君とは遅かれ早かれ戦うことになると思っていた。さあ、本物の英雄の力を見せてあげるよ。せいぜい私を楽しませてくれ」

2

カロスの周囲を舞う四つの黒炎が、俺達目掛けて飛来してくる。

「〈ダークブレイズ〉……緩い追尾機能付きのスキルだ！」

俺は駆け出しながら叫んだ。四つの内の俺に狙いを付けて放たれた一発が、俺の背を追い掛けてくる。

遮蔽物の岩を盾にして凌《しの》いだ。足の遅いクラスが追尾スキルを撒く定石である。

ルーチェとケルトは、自身の身軽さを活かして上手く振り切っていた。

「うう…！」

メアベルが必死に駆けていたが、あの調子では振り切れない。

僧侶クラスは移動速度に難がある。この位置からは、俺のカバーも間に合わない。

「〈脱兎《だっと》〉……！」

ケルトが素早く地面を蹴り、メアベルへと追い付いて彼女の背に覆いかぶさる。

「〈影沈み〉！」

二人の姿が影に沈む。追尾対象を見失った〈ダークブレイズ〉は、地面に落ちて爆炎を上げた。

上手く凌いでくれたが、〈影沈み〉は攻撃を無効化してくれるわけではない。黒炎の落ちる位置が悪ければ、今の一撃で二人共死んでいてもおかしくなかった。

「へえ……いいパーティーだ。今ので二人は落とせると思っていたよ。動きが的確だし、それに何より、互いを信頼し合っているのが見て取れる」

カロスが飄々《ひょうひょう》と語る。

〈黒き炎刃〉が裏切り者……想定していた中でも、言うまでもなく最悪のパターンだった。

カロスはA級冒険者の中でも、英雄と称されるような人物だ。今の俺達でまともに相手取れるわけがない。

レベルがひと回り違えば、数の利があろうが攻撃が当たらない、当たってもまともにダメージが通せない。それでいて相手の攻撃はどれも防ぐことも避けることも難しく、直撃すれば一発で致命打となる。

この世界にはクラスビルドのセオリーがほとんど存在していないからこそ、何が飛び出してくるのかわかったものではない。命が一つきりの世界で、己の実力だけでＡ級冒険者まで昇り詰めた才覚それそのものが脅威だと俺は考察している。ゲーム時代の、いくら死んでもやり直しの利いた世界とはわけが違うのだ。

カロスが裏切り者の可能性は、最悪のパターンとして想定していた。しかし、俺はそれを事前に皆と共有することができなかった。

最後の最後まで確信が持てなかった。

冒険者の都で誰もが知る憧れの英雄、人類の希望の人格者。そんな人物が王国を揺るがす最悪の犯罪者かもしれないと、口にすることができなかった。

もし口にできていれば、事前にカロスのキャラビルドの想定やそれに対する戦い方をパーティーで共有しておくなり、ハーデン侯爵にもっと戦力を動かしてもらうなりが、できたかもしれなかったというのに。

「さて、誰から行こうかな」

カロスが大岩の上で姿勢を屈める。かと思えば、彼の姿が上空へと消えた。身体能力が本当に化け物染みている。

「アイツ、どこへ……！」

ケルトが必死に首を振ってカロスを捜す。

ルーチェは孤立しているのは不味《まず》いと判断したらしく、俺の許《もと》へと駆けてきた。そんな彼女の上空に刃の輝きが見えた。

「ルーチェ、上だ！」

俺が叫ぶと、ルーチェの姿が三人に分身する。

ターゲットにされていると気が付き、〈ドッペルイリュージョン〉で狙いの分散を図ったらしい。

直後、ルーチェの分身の内一体が、飛来してきたカロスの刃によって掻《か》き消された。続けて振るう刃が、ルーチェの二体目の分身を容易く散らす。

「おや、運試しには自信があったんだが……三分の二を外したか。もっとも、意味はないけれどね」

カロスはそう言いながら、ルーチェへ笑顔を向ける。

同時に剣を大きく引いていた。俺は地面を蹴ってカロスへと跳び、ルーチェとの間に割り込んだ。

「しっかり盾を握ることだ、エルマ」

カロスが大振りの一撃を俺の盾へと放つ。俺は〈マジックガード〉のスキルを用いて盾にマナを送り込んで強化した。

> 〈マジックガード〉【通常スキル】
> 攻撃を受けたとき、盾を魔力で覆うことで、盾の防御力を引き上げることができる。

それでも全く性能が追いついておらず、盾越しに大ダメージを受けつつ吹き飛ばされることになった。

「ぐうっ！」

「エルマさんっ！」

ルーチェが俺の名前を呼ぶ。

「この状況、不味いのはエルマより君の方だよ、ルーチェ」

カロスはルーチェへと刃を向けていた。彼女の速度では、カロスの攻撃を振り切れない。

「おっと……？」

そのとき、カロスが体勢を崩した。

俺の〈影踏み〉だ。

吹き飛ばされる前に、カロスの影を踏んでおいたのだ。ステータスで負けているため奴の動きを拘束することはできないが、吹き飛ばされた衝撃を利用して奴の体勢を崩すことに成功した。

「〈竜殺《りゅうさつ》突き〉！」

ルーチェが身を屈め、クリティカル狙いの一撃をカロスへと放つ。カロスはそれを剣で容易く弾く。

「竜殺系は大振り過ぎる。対人戦で、格上相手に……動きを絞ったからと言って、正面から容易く当たるとは思わないことだ。エルマから教わらなかったのかな？」

どうやらカロスはまだ、この戦いを戦いだと認識していない。ただ目的ついでの遊戯程度にしか捉えていないように見える。

だが、そのお陰で、スキルの発動を通せる隙を手に入れた。

「〈ライフシールド〉！」

俺の生命力が実体化し……光の壁となって全身を包んでいく。自身のＨＰの【20％】を支払い、その値に等しい耐久値を持つ防壁を得るスキルだ。

【エルマ・エドヴァン】
クラス：重騎士
Ｌｖ：75
ＨＰ：49／２６５
ＭＰ：74／１１０

そしてこれで、戦闘態勢の準備が整った。

> 〈死線の暴竜〉【特性スキル】
> 残りＨＰが20％以下の場合、攻撃力・素早さを【１００％】上昇させる。

俺の身体の奥から赤い光が漏れ出て、それが全身を覆っていく。

俺はわざと〈マジックガード〉に用いるＭＰを大幅に節約した。勿論《もちろん》ＭＰが重要なこともあるが、〈ライフシールド〉と合わせて丁度〈死線の暴竜〉の条件が満たせるＨＰへ持って行くためである。

「エルマさん……ここでそのスキルを……！」

ルーチェが赤い光を見て、そう漏らした。

俺は基本的に勝てる算段が立つまでは〈死線の暴竜〉を切らない。あまりにリスクが大きすぎるためである。

確かに、まだカロスの手札が一切不明なままである。ここで〈死線の暴竜〉を切るのは賭けだったが、戦線を維持するのには必要だった。

カロスは間違いなく、俺が対峙《たいじ》してきた中で最強の敵だ。まともに戦えば、間違いなくルーチェもメアベルもケルトも、数分と持たずに一人ずつ殺されていくことになる。

犠牲を出さないためには俺が〈死線の暴竜〉でステータスを底上げしてカロスに纏《まと》わりつくことで、奴の攻撃のリソースを奪い続ける他にない。

俺の〈燻《いぶ》り狂う牙〉と、ルーチェの〈死神の凶手《きょうしゅ》〉。当たりさえすればレベル上の冒険者にも通用し得る一撃になるはずだ。

上級冒険者といえど、この辺りのスキルツリーに対して十全に知識があるとも考えにくい……。

「驚いたな……まさかとは思っていたが……本当に〈燻り狂う牙〉を能動的に組み込めているなんて。面白いよ君は」

カロスが感心したような声を漏らす。

俺は歯を食いしばる。

この男……あまりに底が見えない。ヒルデ経由で一部俺の情報が渡っていたのだろうが、口振りから察するに〈燻り狂う牙〉の真価を把握していたように聞こえる。

この世界の仕様に無知な、純粋に己の技量と才覚だけで勝ち上がってきたタイプではないかと考えていたのだが、どうやらそんなことはなかったらしい。王国中で活動してきた上級冒険者として、そこらの貴族よりもよっぽど知識を持っている。

ハウルロッド侯爵家はわからないが、下手したらエドヴァン伯爵家よりもこの世界の仕様について正しく認識している。

俺は大きく張ったカロスの影を〈影踏み〉で踏み締めた後、地面を蹴って勢いよくカロスへと飛び掛かった。

3

「〈死線の暴竜〉……攻撃力と素早さを倍増させるスキル。しかし、それっぽっちでこの私と正面から打ち合えると思っているのかな？」

突進する俺へと、カロスは不敵な笑みを返す。

重騎士は元々の攻撃力と素早さが低い。

格上のクラス魔剣士、それもまだ相手のスキルツリー構成も全く見えていない。分の悪い勝負なのは間違いないが、今の四人の中でカロスを正面から抑えられるのは俺だけだ。

「剣術は得意かな、エルマ」

カロスが剣を振りかぶる。高レベル魔剣士のパラメーターを活かした斬撃が来る。

俺は相手の力と極力ぶつからないように、剣で搦《から》めとって軌道を誘導し、外側へと弾く。〈パリイ〉のスキルだ。

「それなりにはな」

「ほう」

カロスが感嘆の声を漏らす。

「〈ダイススラスト〉ッ！」

宙へと跳んだルーチェがナイフを引く。〈竜殺突き〉は大振り過ぎるためカロス相手に通用しないと判断し、六分の一のギャンブルへと切り替えたらしい。

浮かんだ数字をルーチェの刃が貫く。

数字は【六】を示していた。本当に、ここぞというときに引き当ててくれる。

カロスは素早く剣を戻し、ルーチェのナイフを防ぐ。

確定クリティカルヒット。更にそこへ〈奈落の凶刃〉のクリティカル二倍ダメージが乗る。威力３・９倍、防御貫通効果【50%】の一撃が炸裂《さくれつ》した。

「むっ……！」

さすがのカロスも力負けして後方へ跳び、体勢を崩すことになった。

「驚いた……エルマだけじゃないのか。君の攻撃は安易に防ぐべきではないな」

カロスが目を見開き、ルーチェを見る。

次の刹那、カロス目掛けて一本の矢が死角より飛来する。

ケルトの放ったものだ。カロスは首を動かし、最小の動きでそれを回避する。

「安直だな。そんな攻撃が当たると……」

「〈アサシンアタック〉！」

　ケルトが空中よりナイフを繰り出す。

　音を最小限まで殺して敵を不意打ちするスキルだ。ケルトはこの効果を引き上げるため、自身の矢の風切り音を利用した。

　カロスはこれも素早く防いだが、やや振り遅れていた。続くケルトの蹴りが、カロスの側頭部を捉えていた。

　即座にカロスがケルトを狙って剣を振るうが、ケルトは蹴りの反動を利用して後方へ逃れる。

「どうだ、一発入れてやったぞザマア見やがれ！　エルマとルーチェ以外はどうとでもなると思ったか？　このまま一気に行くぞ！　勝てない相手じゃねぇはずだ！」

　ケルトが叫ぶ。

　よくやってくれた。ダメージはさほど通っていないだろうが、間違いなくパーティーとしての士気は上がる。ケルトは現在の戦況において、それが重要であることを理解して動いている。

　今までカロスに呑まれていたが、これで空気が一変した。

「ルーチェは奴の背を頼む！　俺は正面から叩く！」

「はいっ！」

　ルーチェが地面を蹴ってカロスの背後へ跳ぶ。

　攻撃力特化の重騎士が表に立ち、クリティカル型の道化師が死角から付け狙う。

暴竜と死神の挟み撃ち。ひと回りレベル上の魔剣士とはいえ、さすがにこの状況で余裕を保ってはいられまい。

決して楽な戦いではないが、勝算がないわけではない。

カロスはルーチェのナイフを躱《かわ》し、俺の剣を弾く。

戦闘の主導権は完全にこちらが奪った。ケルトの不意打ちとルーチェのクリティカルを警戒し続ける必要があると理解したが故に、カロスは動き辛くなっているはずだ。

ただ、優勢は取れたが、未だにカロスのスキル構成が全く見えてこない。

高レベル冒険者はその分スキルポイントを有している。どんなスキルが飛んでくるかわかったものではない。ここから慎重に奴の手札を暴いていく必要がある。

「本当にいいパーティーだな……この人数差は少々厳しいか」

カロスが剣を掲げる。剣先に赤い光が宿った。

「ルーチェ、背後へ跳べ！」

俺は言いながら地面を蹴って後方に跳ぶ。

「〈クリムゾンウェーブ〉」

獄炎の衝撃波がカロスを中心に放たれる。俺は盾で炎から逃れつつ、その衝撃を利用して距離を取った。

魔剣士の範囲攻撃スキルだ。ＭＰ消費は大きいが、相手からほぼ確実に距離を置くことができるのが強みだ。このレベル差では、対応を誤って巻き込まれれば一発で致命傷を負うことになる。

「まずは確実に一人落とすことにしよう。誰が犠牲になる？」

続いてカロスの周囲に、四つの黒炎が浮かび上がっていた。

〈ダークブレイズ〉だ。確実に中距離攻撃の発動を通すために、まずは近距離全方位攻撃の〈クリムゾンウェーブ〉を放ったらしい。

開幕の際の力試しではなく、確実に殺しきってやるという明確な殺意を感じた。恐らく追尾効果のある〈ダークブレイズ〉と自身の剣技を合わせて攻めてくる。

「ルーチェ、下がれ！」

俺は指示を出しつつ、自身は前進する。ルーチェは背後に跳んだ後、俺が進むのを見て息を呑んでいた。

「エルマさんっ……！」

「なるほど君から死ぬか！」

四発の内の一発はルーチェを追い掛けていく。残り三発が、大きく軌道を湾曲させながら俺へと飛来する。

同時にカロスが、剣を構えて俺へと跳んでくる。

カロスの二連撃を〈パリィ〉で正確に凌ぐ。

俺の背後に黒炎が回り込んでくる。

俺は地面を蹴って背面跳びをしてカロスを飛び越え、着地と同時にカロスへ斬撃をお見舞いする。俺の剣は防がれたが、〈ダークブレイズ〉は軌道上にカロスを挟んだことで、俺というターゲットを見失っていた。

追尾効果の途切れた黒炎が、カロスの周辺へと落ちる。カロスは自身の魔法攻撃から逃れるため、大きく後退せざるを得なくなった。

灯台下暗し、とでもいうべきか。〈ダークブレイズ〉の最大の弱点は、追尾効果のある魔法の中でも動きが大きいため、術者本人が巻き込まれやすいことだ。魔法攻撃と共に攻め立てるのは有効だが、それには大きなリスクを伴う。

俺は立て直そうとするカロスへと距離を詰めて影を踏み、勢いよく足を引き摺った。カロスは〈影踏み〉に引き摺られまいと足を踏ん張り、俺の追撃の剣を受け止める。

「ハハハハハ！　驚いた！　これが重騎士の動きか！」

「〈当て身斬り〉！」

続けて至近距離から、重量を乗せた追撃をお見舞いする。同時に〈影踏み〉の足を全力で引き、カロスの体勢を崩す。

カロスも抵抗していたが、ついに膝を突いた。

「おいおいエルマ……本当に私に勝つつもりじゃないか！」

カロスは脂汗を浮かべながらも、興奮からか肌を紅潮させていた。

隙だらけのカロスの背で、既に〈ダークブレイズ〉を振り切ったルーチェが大きく跳び上がっていた。

「〈ダイススラスト〉ッ！」

俺は息を呑んだ。

さすがにそれは強欲過ぎる。焦る気持ちはわかるが、ここは堅実に〈竜殺突き〉で攻めるべきだった。〈竜殺突き〉のクリティカルでも充分カロスを追い込めたはずだ。

だが、結果としてこの選択は正しかった。

カロスは素早く立ち上がりながら、〈影踏み〉を振り切ってルーチェへと向き直った。もし完璧な姿勢を求められる〈竜殺突き〉であれば成功しなかっただろう。

空中に浮かんだ【六】の数字がルーチェに貫かれる。ルーチェのナイフはカロスの不完全な防御を弾き、その胸に刃を叩き込み、彼を後方へと突き飛ばした。

「がはっ！」

〈奈落の凶刃〉により威力３・９倍となった一撃が炸裂した。

魔物と違い、冒険者はレベルが高くても極端にＨＰが跳ね上がることはない。レベルがひと回り上だとしても無視できない大ダメージになる。

4

ルーチェの一撃をまともに受けたカロスは、転倒こそしなかったものの膝を突き、息を荒らげながら胸部を押さえていた。胸には大きな傷が入り、血が流れ出ている。

「や……やりました、アタシ、やりましたよぅっ！」

ルーチェは緊張のあまりか手が震えている。〈竜殺突き〉ではなく〈ダイススラスト〉を選択した自分の判断に不安を覚えていたようだ。

「さすがルーチェさんなんよ！　このまま行けば勝てる……！」

メアベルが嬉しそうにそう口にする。

だが、俺は戦況に違和感を覚えていた。何かがおかしい。

カロスが大ダメージを負っているのは間違いない。

だからこそ妙なのだ。

確かに俺達は全力で戦っている。しかし、Ａ級冒険者……英雄と称されているような人間が、この程度であっさりと致命打を受けるものなのか？

上手く進み過ぎている。

「参った……本当に強いな、君達は。久々だよ、こんな手応えのある戦いは」

カロスがゆらりと起き上がり、自身の武器を構える。

「おかしい……弱すぎる」

俺の言葉に、カロスがきょとんとした表情を浮かべる。

「エルマさん……？」

ルーチェも俺の言葉を理解できていないようだった。

だが、しかし、明らかにおかしい。〈黒き炎刃〉がここまで弱いことに説明が付かない。

「君は、何を言っている……？」

カロスが苛立った表情を浮かべる。

確かに高威力の斬撃やスキルは脅威だ。だが、剣筋や立ち回りが明らかに弱すぎる。

俺はA級冒険者であるカロスの強みを、レベル以上にそこまで勝ち上がってきた本人の技術にあると考えていた。

だが、カロスの剣は力任せに振り回すものでしかない。事実俺はレベル上のカロスの斬撃を全て〈パリィ〉で難なく往なせている。

おまけにカロスの戦い方は、追い込まれれば消耗の激しいスキルの連打で状況のリセットを狙うばかりである。そして、結局それでも振り切れずにルーチェの一撃を受けている。

俺はゲーム時代の知識があるし、貴族家で叩き込まれてきた剣術もある。一般冒険者に対して大きなアドバンテージになっていることは間違いない。

とはいえ、魔剣士という不安定なクラスでここまで登り詰めた者の戦い方として、あまりにカロスの動きはお粗末なものだった。

カロスを挑発するための言葉ではなく、純粋な事実として、カロスの技量とレベルが乖離《かいり》している。

カロスについて、俺は何か大きな勘違いをしていたのかもしれない。

そしてそれは、決して俺達にとってプラスに働くことではない。カロスがもし、自身の技量に頼らずに相手を圧倒できるスキルの持ち主であるとすれば、それは最悪の中の最悪の可能性だった。

「フッ、道楽で冒険者やってる放蕩《ほうとう》貴族が偉そうに」

カロスが吐き捨てるように呟《つぶや》く。先程までの余裕のある態度とは異なっている。

放蕩貴族という言い方から察するに、どうやら俺の実家であるエドヴァン伯爵家のことを既に掴んでいたようだ。

直後、カロスは力任せに自身の武器を俺目掛けて投擲《とうてき》する。俺はその予想外の行動に瞬間振り遅れたものの、剣でそれを弾いた。

「恵まれた人間が、何の苦労も柵《しがらみ》もなく、のうのうと、順当に、優れた人格を獲得し、成功を重ねて、称賛を浴びる。挙げ句の果てには、己の使命さえ投げ出して……。エルマ……私はお前みたいな奴が一番嫌いなんだ」

カロスは魔法陣を展開し、そこから出ている武器の柄を掴んだ。

〈魔法袋〉による装備の調達だ。

彼の胸許に光が走り、一つの首飾りが現れた。金属を加工して苦しみに悶《もだ》える天使を模した、悪趣味な装飾が施されている。

俺はそのアイテムに覚えがある。

〈苦痛の首飾り〉《推奨装備Lv：78》
【攻撃力：＋24】
【魔法力：＋24】
【市場価値：三千七百万ゴルド】
首飾りに込められた者達の嘆きが、幻聴となって装備者を苛むという。
装備者は状態異常によるダメージが二倍になる。

デメリット付き装備だ。凶悪な性能の代償に、状態異常ダメージを倍増させる。

〈マジックワールド〉では戦闘相手のスキルを十全に把握した上で採用されることが多く、常用というよりは状態異常攻撃を持たない相手へのメタとしての側面が強かった。

ただ、〈苦痛の首飾り〉の真に恐ろしい点はそこではない。

「まさか……」

カロスが魔法陣から剣を引き抜く。黒い刃からは、気化した闇属性のマナが瘴《しょう》気《き》として漏れ出ていた。

「な、なんですか、あの禍々しい剣……」

異様な存在感を放つ一振りの刃を目にして、ルーチェが言葉を漏らす。

俺はそれを見て、自身の嫌な予感が的中したことを悟った。


〈黒縄剣《こくじょうけん》ゲヘナ〉《推奨装備Lv：95》

【攻撃力：+73】

【市場価値：一億二千万ゴルド】

地底の果てにあるとされる暗黒剣。

その刃を振るう者は奈落の王に呪われると言い伝えられている。

装備者は常に猛毒状態になる。


〈苦痛の首飾り〉同様のデメリット付き装備だ。だが、セットで用いられる場合、その意味は大きく異なる。

カロスに感じた違和感……高レベル冒険者にしては、あまりに戦い方が粗雑すぎるという点。

それも当然だった。カロスは雑にスキルを連打するだけで他者を圧倒できるキャラビルドを完成させていたのだ。

これまで魔剣士の基本スキル以外全く見えてこなかったのも頷ける。この型の魔剣士は、アイテムや武器による補助があって初めて成立するものだからだ。

苦悶《くもん》の形相を浮かべる骸のエフェクトがカロスを覆う。〈黒縄剣ゲヘナ〉の付属効果が発動した証だ。カロスの胸許の傷から黒い瘴気が昇り、目に見えて傷が癒えていく。

「嘘、傷が……」

ルーチェが呟く。やっとの思いで彼女が与えた大ダメージが、あっという間に打ち消されていく。

『命に限りがあって貴族間の政治的な柵も多いため、この世界ではキャラビルドの開拓は進んでいない』

俺は、自身がこれまで積み上げてきた前提が瓦解していくのを感じていた。間違いなくこれは〈マジックワールド〉でも忌み嫌われていた対人最強格のキャラビルドの一角だ。

「その剣をどこで……いや、誰からそのスキル構成を教わった？」

「茶番はここまでにしよう、あの御方のためにもね」

カロスが俺を睨みつける。これまでのカロスの飄々とした雰囲気は失せており、冷たい殺意だけがそこにはあった。

5

「どうしてカロスさんの傷が……！」

ルーチェが愕然《がくぜん》とした様子でカロスを見る。

「……特殊なスキルツリー構成だ。毒によるダメージを回復に反転させている」

「毒のダメージを回復に反転!?　なんだよその出鱈目《でたらめ》なスキルはよ！」

俺の言葉を聞いて、ケルトが慄いたように声を上げる。

その不死性から〈マジックワールド〉では毒ゾンビ型魔剣士と恐れられていたキャラビルドだ。

それもカロスの装備から考えると、たまたまコンセプトが類似したキャラビルドになっただけとは考えにくい。恐らくは〈マジックワールド〉と完全に同じ形だ。


〈魔人の剣戟〉

〈ポイゾウーズの心〉

〈影像の天使〉


これが〈マジックワールド〉で悪名高かった毒ゾンビ型魔剣士のスキルツリー構成である。

〈魔人の剣戟〉は魔剣士専用スキルツリーである。

魔剣士自体がデメリット付きの高火力スキルで一気に短期決戦に持ち込むのが基本戦術となるクラスであり、ＭＰ以外にも自身のＨＰを対価に発動できる攻撃スキルが中心となっている。その

他、状態異常を受けた際に身体能力を強化する〈窮《きゅう》鼠《そ》獣殺《じゅうさつ》〉や、一部の状態異常のときのみ発動できる特殊なスキルを有する。窮地に真価を発揮するというコンセプトのスキルツリーだったわけだが、〈黒縄剣ゲヘナ〉によって自主的に猛毒状態を負うことで、自身の身体能力を自発的に底上げすることが可能なのだ。

〈ポイゾウーズの心〉は特殊なスキルツリーであり、モチーフとなった魔物と同じスキルを獲得することができる。元々はまともなスキルが手に入らない稀少《きしょう》なだけのいわゆるネタ枠のはずだったが、その中に〈毒ダメージ反転〉という奇抜な特性スキルが交ざっていたことで、〈マジックワールド〉でも大騒ぎになったスキルツリーである。

これを利用して〈黒縄剣ゲヘナ〉のようなデメリット付き装備の性能を享受しつつ、そのデメリットを〈毒ダメージ反転〉によってプラスに変換して、挙げ句の果てには〈窮鼠獣殺〉を筆頭とした魔剣士の専用スキルによるパラメーター強化へと繋げるのが毒ゾンビ型魔剣士の基本戦術となる。

カロスは〈苦痛の首飾り〉によって毒のダメージを二倍にしているが、この増幅された値がそのまま回復へと転じることになる。

それだけならばまだ手の打ちようがある。最悪なのがスキルツリー〈彫像の天使〉まで揃《そろ》っていた場合だ。

〈彫像の天使〉のスキルツリーは最大ＨＰと防御力をどんどん引き上げてくれる。毒の状態異常は最大ＨＰに対して割合で入るため、最大ＨＰが伸びるだけでなく〈毒ダメージ反転〉の回復量が増幅されるのだ。

おまけにこのスキルツリーは強力な持続回復のスキルを取得できる。

「〈祝福の聖歌《ブレッシングチャント》〉」

カロスを中心に魔法陣が展開される。神々しい眩《まばゆ》い光がカロスを包み込む。

「やっぱり持っていたか……〈影像の天使〉！」

これで〈黒縄剣ゲヘナ〉と〈苦痛の首飾り〉、〈毒ダメージ反転〉の三種コンボによる持続回復に加えて、〈祝福の聖歌《ブレッシングチャント》〉による回復が乗ることになる。

こうなった魔剣士は、同レベル台でも対策を講じていなければまともに倒し切ることができない。レベル下の冒険者四人などいいカモである。

問題なのはそれだけでなく、攻撃性能も大幅に強化されることである。魔剣士はＨＰをＭＰに変換する〈ダークエナジー〉を有するため、勝負を長引かせてＭＰ切れを狙うことも不可能だ。

「さて、どれだけ持つかな」

カロスは〈黒縄剣ゲヘナ〉を握り、俺の方へと駆けてきた。

カロスの肩にケルトの放った矢が刺さる。

だが、カロスはまともな反応さえ示さない。彼が身体を振るって矢を落とせば、矢傷が目に見えて塞がっていく。

「細かい攻撃に気を取られるのは無駄だ。問題なのはエルマとルーチェだけだからな」

「化け物が……！」

ケルトが悪態をつくが、その表情に余裕はない。

猛毒状態はダメージだけではなく、素早さのパラメーターを下げてくれるのがまだ救いだ。

だが、〈黒縄剣ゲヘナ〉の馬鹿げた性能に〈窮鼠獣殺〉が乗っているため、攻撃力は先程までの比ではない。

〈死線の暴竜〉だけでは対抗できない。今の状態でも大きくパワー負けすることになる。

「〈不惜身命《ふしゃくしんみょう》〉！」

俺の身体を、青白い光が包み込む。赤と青、二つの光が俺の身体の周囲を飛び交い、交差した。

〈不惜身命〉【通常スキル】
残りＨＰが50％以下の場合のみ発動できる。
防御力を【０】にし、減少させた値の分だけ攻撃力を上昇させる。
発動中はＭＰを継続的に消耗する。

カロスの手札は暴いた。こちらも様子見は終わりだ。背水の陣で挑む。

カロスが俺目掛けて豪快に剣を振るう。俺はそれを〈パリィ〉で的確に捌いていく。

「俺とルーチェが同時に叩けば、今のカロスでも一《ひと》溜《た》まりもないはずだ！」

「は、はいっ！」

ルーチェが俺の声に応じて、カロスの死角に回り込む。

「毒ならウチの魔法で治癒してやれば途切れるはずなんよ……！」

「出てくるな！」

メアベルが前衛に出てこようとしたのを、俺は大声で制した。

「あの黒い剣は、所有者を常に猛毒状態にする力を持つ！　アレを握っている限り意味がない！　そもそも回復クラスが悠長に近づいていったら一撃で殺されるぞ！　メアベルはケルトとルーチェの回復に専念しろ！」

「……っ！」

　メアベルが足を止め、その場で留まる。

　毒を治癒できるスキルは発動が遅く、範囲も狭い。有効だったとしてもカロスが自身の弱点となり得る魔法に素直に当たってくれるわけがないし、後衛職のメアベルがのこのこ近づいてくれば瞬殺されてお終いだ。

「小賢しい……！」

　カロスが大振りの一撃を俺へと放つ。〈パリィ〉をぶつけたものの、衝撃を往なしきれず後方へ弾き飛ばされることになった。

「ぐっ！」

カロスは素早く剣を振るい、後方に立つルーチェを牽制《けんせい》して自身から遠ざける。

その後、カロスが剣を空へと掲げる。赤紫の光が走った。

「掻き消えろエルマ……！」

カロスが剣を振り下ろす。

大技が来る！

俺は即座に地面を蹴って後方へと逃れた。

「〈毒竜斬撃波《ヒュドラブレイク》〉！」

質量を伴った紫の斬撃が、地面を割りながら俺へと向かってくる。

状態異常のときのみ使用できる魔剣士の切り札だ。クールタイムが長いため連発はできないが、斬撃波の速さと威力は全スキルの中でも上位に入る。

俺が後方へ逃れる動きより、斬撃の方が速い。避けきれるかどうか、瀬戸際のラインだった。

斬撃が俺の〈ライフシールド〉を掠《かす》めて破壊する。俺はその衝撃に身を任せるように後方へと飛んだ。

俺は衝撃で靴の裏を引き摺りながら、その場で屈み込む。

〈ライフシールド〉のお陰で僅かな衝撃程度のダメージで抑えることができたが、最後の保険を容易く失うことになった。

この世界では初見とはいえ、カロスが〈毒竜斬撃波《ヒュドラブレイク》〉を狙っていることなんて予測できた。常に〈毒竜斬撃波《ヒュドラブレイク》〉へ意識を割いて警戒していれば完全に無傷で対応できたはずだ。

「なんで避けられるんだよ……！」

カロスは剣の間合いのすぐ外側を跳び回るルーチェへと剣を振るいながら、俺を睨んで歯軋《はぎし》りをした。

立ち上がろうとして、視界が微かに揺らいだことに気が付いた。

毒が入っている。〈ライフシールド〉のお陰もあり直撃は免れたため【毒（小）】で済んでいるようだが、それでも持続ダメージと速度減少を受けることになる。

「何をやってるんだ俺は……」

6

ただでさえ余裕がない中、【毒（小）】にまで見舞われてしまった。

「エルマさん、一旦ウチの回復で……！」

「そんな余裕はない！」

メアベルの提言を蹴り、俺は即座にカロスへと駆け出した。

ルーチェ単独でカロスを相手取るのは不可能だ。元より、毒のスリップダメージが響く程勝負を長引かせるはつもりはない。

　俺が弾き飛ばされていた間、ルーチェは〈ドッペルイリュージョン〉で二体の分身を作り、逃げ回りながら時間を稼いでいた。ルーチェの分身の一体が〈曲芸歩術〉を用いて、尖《とが》った岩の側面へと立った。

「何度もそんな小細工で私が釣れると思うなよ。常に分身を盾にするように立ち回る、君が本体だ！」

　ルーチェの分身が消え、カロスの刃がその奥の岩を砕く。カロスが目を見開いた。

「ブラフだと……！」

「舐《な》めないでください……アタシだって命懸けでやってるんですから！」

　カロスの背後に立つルーチェが、カロスの背を目掛けて〈竜殺突き〉を狙う。カロスは素早く左手で拳を作り、ルーチェを裏拳で吹き飛ばした。

「うう……！　すみません、あと一歩だったのに！」

　ルーチェが俺のすぐ隣へと着地する。

「焦るなルーチェ。ダメージを稼いでも中距離で遅延戦を仕掛けられて、その間に回復されるだけだ。狙うのは暴竜と死神の同時攻撃だ」

　それならば今のカロスでも倒し切ることができる。もっとも、そんな都合のいい隙を奴から引き出せるかどうかは別の話だが。

「は……はい！」

「〈ダークブレイズ〉！」

カロスの周囲に四つの黒炎が浮かび上がる。

上級魔剣士相手に、魔法の発動を許す今の間合いは不味い。

「一ヵ所に固まれば格好の的だ！　ルーチェは大回りして奴の背後へ！」

ルーチェが大回りしてカロスの背を取りに向かう。これで黒炎のターゲットも分散できる。

カロスは戦闘指揮を行っている俺から落としたがっている。恐らく〈ダークブレイズ〉四発の内、三発は俺を狙ってくるだろう。近づきすぎず、かつカロスに圧を掛けられる間合いの限界を見極めて対応する必要がある。

「エルマ……君から落とすのは難しいと判断したよ」

カロスが悪意に満ちた笑みを浮かべる。四発の黒炎は、全てルーチェへと向かって飛んでいた。

「お前……！」

カロスの狙いに気が付いたルーチェは、素早く方向転換して黒炎から逃げる。そこへ回り込むようにカロス本体もルーチェを叩きに向かっていた。

「エルマとルーチェの火力は今の私でも馬鹿にできない。同時攻撃を受けるなんて無様を晒《さら》すつもりはないけれど、それでも万が一ということがある。エルマは仕留めきるのが難しい。だったら……彼女から狙うしかないよね？」

「舐めないでください……その黒い炎の対処は、先程エルマさんを見て学ばせてもらいました！」

ルーチェは華麗な動きで、黒炎の湾曲した動きを利用し、その軌道を術者本人であるカロスで切る。

あの対処法は、小柄で身軽なルーチェにこそ本来は適している。これで黒炎の追尾を緩め、カロス自身も衝突を恐れて攻めあぐねるはずだった。

「舐めるなだと？　こっちの台詞だ小娘が！」

カロスは二発の爆炎を自身の身で受けながら、強引にルーチェへと距離を詰めて斬り掛かった。どうせ〈毒ダメージ反転〉ですぐに回復できるため、自傷ダメージなど意にも介さないというつもりらしい。

「ぐぅっ……！」

ルーチェは背後へ跳びつつカロスの剣をナイフで受け止め、威力を受け流しつつ距離を取ろうとした。

だが、そこへ二発の黒炎が追撃をお見舞いした。ルーチェの身体が爆炎に吹き飛ばされる。

「きゃあっ！」

「ルーチェ！」

レベル上の魔剣士の魔法攻撃だ。ルーチェは受け身も取れずに地面を転がった。そこへすかさずカロスが距離を詰めて、剣を振り上げる。

だが、ルーチェへと下ろすより先に、俺がカロスの背へと斬り掛かった。カロスは追撃を諦め、俺の剣を防ぐ。

「ハハハハ！　君達は本当によく粘ったよ！　でもここまでだ！」

カロスの漆黒の刃に赤紫の光が宿る。

範囲攻撃である〈クリムゾンウェーブ〉の前兆だ。今ここで放たれれば、倒れたままのルーチェはまず助からない！

颯爽《さっそう》と現れたケルトがルーチェを抱きかかえ、カロスから逃げるように疾走する。

「ルーチェは任せろ！　俺には、こんなことしかできねえからよ！」

間に合うかどうか、タイミング的にはシビアだった。だが、今はケルトを信じるしかない。

俺はケルトへ小さく頷き、カロスへと盾を突き出した。

〈シールドバッシュ〉である。

シールドバッシュは対象と【防御力＋攻撃力／2】の値で競い合い、劣っていた方がその分衝撃を受けて突き飛ばされることになる特殊なスキルである。ただ、〈不惜身命〉の間は防御力が大きく減少するため、〈シールドバッシュ〉での対抗の値が大きく減少する。

俺はそれを活かして自身を背後へと弾いて距離を取り、そのまま後方へと跳んだ。

遅れて獄炎の衝撃波が向かってくる。盾で熱風の余波を防いで完全に凌ぎ切った後に、再びカロスへと距離を詰める。

土煙が晴れたとき、遠くにルーチェを庇《かば》うように地面に倒れ込んだケルトの姿が見えた。衣服の背中が焦げ落ちて、皮膚が焼け爛《ただ》れている。

「悪い……ドジ踏んじまった。ルーチェは、ちゃんと守ったからよ……」

二人共、即時に戦線復帰はできない。しばらくは俺一人でカロスを凌ぐしかない。

7

「ルーチェさんも……ケ、ケルトさんも……！」

メアベルが蒼白《そうはく》な顔で二人へ駆け寄っていく。

ルーチェもケルトもすぐには戦線に復帰できない。俺が単身でカロスを引き付けて、その間にメアベルの白魔法で立て直してもらうしかない。

とはいえ、俺もギリギリだ。

【エルマ・エドヴァン】
クラス：重騎士
Ｌｖ　：75

HP：14／265
MP：28／110

ただでさえ〈死線の暴竜〉で減らしたHPを、毒や衝撃の余波でジワジワと削られ続けている。

おまけにMPも〈マジックガード〉で確実にダメージを殺すために多用してきたため、もう後がない。

「ケルトを頼んだぞ！」

俺はメアベルへと叫んで、カロスへと突撃した。

「戦力が戻るまで、自分一人で耐えるつもりか？　まだ闘志があるのは流石だが無謀過ぎるな」

カロスの剣を〈パリィ〉で捌いていく。

「やってみせるさ。お前自身は大したことがないからな」

俺の言葉に、カロスの額に青筋が浮かぶ。

挑発して少しでも冷静さを奪う。普段のカロスは謙虚でクールだが、どうやら素の顔は短気で傲慢らしい。

「減らず口を！　毒で動きが鈍ってるのはわかってるんだよ！」

カロスが一層苛烈に攻め立ててくる。

「じきに〈毒竜斬撃波《ヒュドラブレイク》〉のクールタイムも終わる……それがお前の最期だ！　今のお前にあの技は

避けられまい！」

そう……だらだらと長引けば、またあの技が戻ってくる。そして毒状態が入って速度が落ちた今、俺はあの技を避けられない。

あのスキルを凌ぐことを前提にするのならば、俺は一旦メアベルから〈ポイゾヒール〉を受けて立て直す必要があった。

カロスが力任せの一撃を俺へと放つ。

挑発が効いている。僅かだが、不必要な攻勢に出ている。

ここで仕掛けるしかない。

俺は〈パリィ〉ではなく、避け、威力の減衰した辺りを狙って、盾で受け止めることにした。〈マジックガード〉のＭＰをありったけ費やして、ダメージを帳消しにする。

「ハハハ、これで完全に後がなくなったな……！」

俺は盾を手放し、〈マジックガード〉発動前から後ろに引いて構えていた剣を、カロス目掛けて勢いよく突き出す。瞬間、遅れて俺の意図に気が付いたカロスが、慌てて身を引いて逃れようとする。

カロスの胸部に〈死線の暴竜〉と〈不惜身命〉の一撃を叩き込んでやった。

「ぐううっ……！」

後方へ突き飛ばされたカロスが、胸部を押さえて前傾になる。俺はすぐさまカロスへの追撃に出た。

「馬鹿め……ここを少し凌げば、私はダメージを回復できるんだよ！」

カロスが血走った目で吠《ほ》える。

「そもそもここがお前の死のタイムリミットだ！　〈毒竜斬撃波《ヒュドラブレイク》〉のクールタイムが解けた！」

カロスが剣を空へと掲げる。赤紫の光が走った。

「さようならだよ、エルマ。君は確かに強敵だった。その名は覚えておいてやる！」

そのとき、死角から飛来した一本の矢が、カロスの肩へと刺さった。

「こんな木っ端の攻撃……無駄だというのに」

カロスが鼻で笑う。

そのとき、矢が白い光を放った。カロスの刃に走っていた、赤紫の光が消え失せる。

「何が起きている？　まさか……〈魔法付与の矢《エンチャントアロー》〉!?」

カロスの顔面が蒼白となった。唇がわなわなと震える。

「エルマァッ！　良かったのか！　タイミングはここで！」

ケルトが叫ぶ。メアベルに身体を支えられ、弓を構えていた。

「ああ、これ以上ないくらいに完璧だ！」

〈魔法付与の矢《エンチャントアロー》〉は魔法を封じ込めた矢を放つ、スキルツリー〈中級弓術〉より手に入るスキルである。

矢に込められた魔法は〈ポイゾプロテクト〉。メアベルに〈信仰の杖《つえ》〉の【49】で獲得してもらったばかりの白魔法だ。

> 〈ポイゾプロテクト〉【通常スキル】
> 対象の毒を治癒した後、一定時間毒の脅威から保護する。

このスキルであれば〈黒縄剣ゲヘナ〉を装備した魔剣士を強引に治癒できる。
〈毒竜斬撃波《ヒュドラブレイク》〉は状態異常の間しか使用できない。そのためカロスのスキルは不発に終わったのだ。

俺は元々、今回のレイドにメアベルとケルトの二人を巻き込むつもりはなかった。だが、ハレインからもらった資料を確認して容疑者の中にカロスが浮上し、ヒルデへの鎌掛けでそれが濃厚になったのを確認した際、もう一つ新たな不安要素が生まれた。

それがカロスのスキル構成が、毒ゾンビ型魔剣士か、或《ある》いはそれに近い形になっている可能性であった。

これまで確認してきたこの世界の常識から、それは有り得ないとは考えていた。しかし、カロスの二つ名は〈黒き炎刃〉だが、魔剣士には別に黒い炎や光を直接剣に纏うスキルは存在していないのだ。せいぜい赤や赤紫の光か、黒い炎を中距離攻撃として放つ程度である。

カロスが〈黒縄剣ゲヘナ〉を振るう姿を見た人間がいたのではないかと、俺の中にそうした疑念が生まれたのだ。あの瘴気漂う黒い刃を遠目に見て、魔剣士のスキルの黒炎だと勘違いした人物がいたとしてもおかしくはない。

故に最悪の際の保険として、毒ゾンビ型魔剣士への強力なメタになると踏んだケルトとメアベルに声を掛けて、スキルの割り振りにまで口を出させてもらった。

レイドの指揮を担うカロスが黒幕の可能性があると、安易に口に出すことはできなかった。そのためルーチェ達には真意を伝え損ねたままになっていたが、俺は言葉の節々に矛盾を交ぜて、カロスに勘づかれないように彼らに指示を飛ばしていた。

メアベルの〈ポイゾプロテクト〉がまるで存在しないかのように振る舞うことで機会が来るまで温存してもらい、重傷を負ったルーチェに敢えて言及しないことでケルトの回復を優先してもらい、ケルトの必要性を伝えることで射程の短い〈ポイゾプロテクト〉の欠点を補うために〈魔法付与の矢《エンチャントアロー》〉を使用してもらった。

「クソッ！」

カロスは〈毒竜斬撃波《ヒュドラブレイク》〉のために振り上げた剣を慌てて下ろして、迫りくる俺を迎撃すべく剣を構え直す。

だが、当然、そんな無様な隙を見逃すつもりはない。カロスの不完全な構えの剣を弾き、そのまま彼の胸部へ追撃をお見舞いした。

刺青のアルザロスから血が噴き出した。カロスの身体がぐらりと揺れ、数歩下がり、その場に膝を突いた。

「馬鹿な……有り得ない。この私が、レベル下の冒険者相手に、敗れるはずがない……」

カロスが絶望したようにそう漏らした。

8

◆

私の故郷は、海沿いの小さな街だった。

古いあばら屋のような教会で、私は〈加護の儀〉を受けた。

クラス魔剣士。攻撃性能に長けた強いクラスだと聞いて嬉しく思ったことをよく覚えている。

今振り返れば笑い話だが、私はあのとき英雄に憧れていた。

人を助けることに特別な意味を見出していたわけではない。単に私が傲慢で、夢見がちで、いい格好をしたい、他者から認められたいという欲が少しばかり人より強かったというだけの話だ。

ただそんな性格で、かつ魔剣士はパーティーと個人の方針が嚙《か》み合わないところのあるクラスだったから、何度も派手にパーティーメンバーと対立することになった。

言い訳するような形になるが、あの街の冒険者達も、私に負けず劣らず頑固で身勝手なところがあった。余裕のない貧しい街だったから、皆、他者を思いやる気持ちや配慮に欠けていた。そして、それは私も例外ではなかった。

結局私は度重なる利害の不一致と誤解から生じた軋轢《あつれき》の果てに、冒険者活動中に窃盗の濡れ衣を着せられて、それが元でギルドぐるみの村八分を受けることになった。私は失意の中、逃げるように故郷の街を去ることになった。

知識もコネもない下級冒険者が、拠点を余所に移して上手くいくわけもない。田舎者だと馬鹿にされて、散々都会の擦《す》れた冒険者達からカモにされた。

そして他者から蔑ろに扱われながら失敗を重ねる日々の中で、どうやら自分には冒険者としての嗅覚や戦闘の才覚が、根本的に欠けているらしいという事実も受け入れざるを得なくなった。プライドが高い、英雄願望を持った私にとって、それが何よりも一番辛かった。

命の危険ばかり背負わされて、自分にはまともに取り分も入らない。そんな冒険者生活を延々と続けることになった。

今だからこそ、そこに自分の落ち度があったことも俯瞰的《ふかんてき》に振り返ることができる。ただ、当時は、世界中の人間が、どいつもこいつも憎かった。

そんなある日、とある人物に出会った。

『カロス君、君には凡人にはない、大きな才能が眠っている。英雄になれる大いなる器だ。君は周囲に恵まれなかっただけで……本来もっと大きな世界を動かしていくべき存在だ。私と共に来てくれないか？　私には、君の力が必要なんだ』

私だって馬鹿ではない。

自分に才能がないことになんて気が付いていたし、それが他者を利用するための常套句《じょうとうく》であることも知識として知っていた。

これまでの経験で、悪い人間を第一印象から見極める術も心得ていた。燻《くすぶ》っている人間に甘い言葉を囁《ささや》き、自身の操り人形にしたいだけだと、すぐにわかった。

だが、男の言葉には、有無を言わせない迫力と、魔力があった。

それに、冒険者としてこんなに真っ直ぐに認められたのは、他人から必要だと言ってもらえたのは、初めての経験だった。

嘘だとしても、嬉しかった。私は結局、そこに縋《すが》ってしまった。

私は――――

◆

「私はこんなところで、負けるわけにはいかないんだよ！」

カロスが吠えながら立ち上がり、剣を握り締める。

だが、決着は半ば付いたようなものだ。耐久にスキルツリーを振っているレベル上の冒険者とはいえ、〈死線の暴竜〉と〈不惜身命〉の攻撃を二度も受けて、平然としていられるわけがない。〈ポイゾプロテクト〉も三分間効果が持続する。その間、カロスのキャラビルドはほとんど無効化される形になる。今から凌げるわけがない。

「〈クリムゾンウェーブ〉！」

カロスが狙ったのは、範囲攻撃による牽制。そういえば聞こえはいいが、その場凌ぎの後がない時間稼ぎだ。子供が泣き喚いて玩具を投げるような稚拙な抵抗だった。

獄炎の衝撃波がカロスを中心に放たれる。

俺は近くの岩を蹴って跳び上がり、衝撃波を飛び越えてカロスへと斬り掛かった。

「私に近づくなぁっ！」

カロスの我武者羅に放った一撃を避け、俺は奴の腕を叩き斬った。

〈黒縄剣ゲヘナ〉が、奴の腕と共に宙を舞う。カロスはそれを呆然を見上げながら、ついに立っている気力さえ失ったのか、その場へと倒れ込んだ。

「これで終わりだ」

俺はカロスの顎先へと剣を突き付ける。

「ほ、本当に勝ってしまったんよ……！　あの〈黒き炎刃〉に！」

メアベルがルーチェに肩を貸して支えながら、俺の方へと向かってくる。その横にはケルトも付いていた。

「エルマ！　そんな外道、とっとと殺しちまえ！　どんな隠し玉があるかわかったもんじゃねえぞ！」

ケルトが叫ぶ。

「それはできない。こいつには喋《しゃべ》ってもらわないと困ることが山ほどある」

カロスの背後にある、〈夢神の尖兵〉。歴史に名前もまともに浮上させず、貴族以上にスキルやクラスの神秘を明かし、それを利用して大災害を齎《もたら》すことを目的とした組織。存在がこの世界にとってあまりにも脅威だ。

誰かしらの権力者と繋がりがあるのか、或いは俺と同じ転生者が絡んでいる可能性もある。

元々、どうして俺が生前の記憶を継ぐことができたのか、全くの謎のまま、深く考えようともしてこなかった。

ただ、考えてみれば、俺に起きたということは、他の人間が全く同じ事象を体験していても不思議ではないのだ。

とにかくカロスには知っていることを全て吐かせる必要がある。こいつらの存在はあまりに危険すぎる。

「クソッタレ！」

ケルトがガシガシと自身の頭を掻く。目前の罪人を丁重に扱う必要があるという矛盾に、苛立ちを覚えているようだった。

「このサイコ野郎が！　よくも俺達を散々騙して利用してくれやがったな！　お前の演技、大したもんだったぜ。今までどんな気分でいやがったんだ？　ああ⁉」

ケルトが弓を構えてカロスへと向ける。カロスは目線をケルトへと移すが、口を閉ざしたまま何も話さない。

そのときだった。

「〈ダークブレイズ〉！」

背後から甲高い声が響き、それと共に闇の連弾が俺達へと放たれた。真っ先に反応したメアベルが飛び出し、魔法陣を展開する。

「〈マナバリア〉！」

魔法障壁が黒炎を弾く。距離が遠かったため威力減衰が大きかったこともあり、辛うじてメアベルの〈マナバリア〉で黒炎を止めることができた。

「テ、テメェら、オレの師匠に何やってやがる！」

顔を真っ青にしたヒルデが、俺達へと刃を向けていた。ヒルデはカロスの切断された右腕へと目を向けた後、一層その表情に怒りを滲《にじ》ませる。彼女の背後には六人の冒険者が並んでいた。

ヒルデはカロスが裏切り者の気配を感知した際に、足手纏いになるからと別行動をさせたという話だった。恐らくその間にヒルデが機転を利かせて、別パーティーと合流してカロスの援護のためにやってきたのだ。

「根は真っ当な奴だと思ってたのに……テメェらが裏切り者だったのか！　師匠を放しやがれ！」

タイミングが最悪だ。今、激昂《げっこう》しているヒルデをこの場で説得するのは不可能に近い。

かといって急いでカロスを殺せば重要な情報を失う上に、ヒルデとの対立を決定的なものにする可能性が高い。

そうなれば、余力のない俺達では、ヒルデ達をまともに往なすことはできない。最悪の場合はそのまま死者が出る。

「最後まで馬鹿なガキだ。君の師匠になった覚えはないと、何度も言ったはずだがな」

カロスがそう口にした。

「し……師匠……？」

ヒルデが困惑したようにそう返す。何を言われたのかわからないと、そういった様子であった。

「私は人の師に立てるような真っ当な人間ではないのだから」

カロスが寂しげにそう続けた。

場を重い沈黙が支配した。

カロスは執拗に、自身がヒルデから師と崇められることを嫌がっていた。

ヒルデに手を差し伸べたことを含めて、単純にただA級冒険者としての善性のアピールとして行っているのだろうと考えていた。

しかし、カロスの最後の良心として、自身を純粋に慕うヒルデに対する罪悪感が、彼にそうさせていただけだったのかもしれない。

「大した演技……か、そうだろう。私はかつて信じた、自分の理想を演じればそれでよかったのだから。君が羨ましく……眩《まぶ》しかったよ、エルマ。君は何一つ恥じることなく、後ろ暗いものを背負わず、あるがまま理想の通りに生きている。人を見る目に自信があるのは本当でね。最初に会ったとき……私とは正反対の人間だと直感したよ」

カロスがそう口にした。

ヒルデは情報と感情の整理が追い付いていない様子だったが、しかしそれでも状況の大まかな構図自体は理解したらしく、力なく呆然とカロスを見ていた。

きっとカロスも、罪の意識が皆無だったわけではなかったのだろう。この状況を利用して切り抜けるような狡猾《こうかつ》さは持ち合わせていなかったようだ。

「話してくれ、カロス。お前の背後にいる奴らは何者だ」

カロスは逡巡《しゅんじゅん》した後、口を開いた。

「あの頃……私は、誰にも認められず、野垂れ死ぬのを待つだけのガキだった」

何の話かと思ったが、俺はひとまず耳を傾ける。

「あの御方に救われて……人としての魂を売って、あの御方に仕えることを選んだ……。今度はまたあの御方を裏切るというのならば……私は本当に、何者でもなくなってしまう」

カロスを中心に、魔法陣が展開された。既にカロスに抵抗の意志がないと考えていた俺は、刹那、反応が遅れることになった。

カロスを先に殺すか、避けるか。逡巡した後、俺は地面を蹴って背後へ跳んだ。

頭上から飛来した黒炎は、真っ直ぐ正確に、カロスの胸部を撃ち抜いた。

【経験値を１６５００取得しました。】

【レベルが75から80へと上がりました。】

【スキルポイントを5取得しました。】

無機質な声が淡々とレベルアップを告げる。

「師匠ぉっ！」

それと同時に、ヒルデの悲痛な声が響いた。

9

カロス討伐後、俺達はヒルデの集めた冒険者達に護衛される形で〈夢の穴《ダンジョン》〉の出口に向かうことになった。

一部のメンバーにはボス部屋へ向かってもらい、他の冒険者達へ〈夢の主《マスター》〉の討伐の中止を伝えに向かってもらっている。

「三人共……悪かったな。先に伝えるつもりだったが、結局タイミングを見誤ってしまった」

「無理もないんよ。カロスが犯人だって事前に言われてたって、ウチ、信じられてたかどうかわからなかったし」

メアベルがそうフォローしてくれた。

「次からは勘弁してくれよな……。いつ射ればいいのか、こっちは最後の最後まで頭抱えてたんだぜ。突然あんな化け物みたいなスキル構成が飛んできて、ほとんど理解も追い付いてなかったんだからよ」

ケルトが溜め息を吐く。

理解が追い付いていなかったというが、その割にはよくあそこまで動いてくれたものだ。

絶妙な位置でのターゲットの分散に、身を挺《てい》したルーチェへのカバー。そしてアレ以上ない完璧なタイミングでカロスの肩を射抜いて、〈毒ダメージ反転〉を途切れさせてくれた。

タイミングをしくじっていれば、あっさりと回避されるか、そうでなくても相手にまともな痛手を負わせられないままこちらの手札が筒抜けになっていただろう。

カロスが今回の戦いのキーだと認識していたルーチェが倒れたままで、かつ〈毒竜斬撃波《ヒュドラブレイク》〉の準備が完了したあのタイミングだったからこそ、カロスは回避動作を取ることをせず、その後の立て直しも大きく遅れることになったのだ。

「先に警告してたら怖がってこの人来てないんよ」

メアベルがカラカラと笑って指摘する。その笑い声にケルトがしかめっ面を作った。

「流石に酷くねぇか、おい」

「い、今は犠牲を出さずに大金星を上げられたことを讃《たた》え合いましょうよぉ！　侯爵様からの依頼としては、この上ない大成功なんですし！」

ルーチェがケルトとメアベルの間に割って入る。

その後、ルーチェとメアベルが歓談している間、俺の横へとケルトが近づいてきた。ケルトはルーチェ達を横目でちらりと見た後、声を潜める。

「なあ、今回の大規模依頼《レイドクエスト》……どこまで読んでたんだ？　カロスのスキルツリー……知ってたのか？」

「一番最悪を想定したら、たまたまそれが当たっただけだ」

「本当にお前、底知れない奴だな……」

しかし……今回は奇跡的にどうにかなったが、これで一連の騒動が完全に終わったわけがない。

カロスの口にしていた〈夢神の尖兵〉。この謎の組織は、明らかにこの国で何か事を起こそうとしている。カロスが情報の秘匿のために自死を選んだことで、連中の情報は何もわからず終いのままである。

『フン、大方、ただの時間稼ぎであろうな。舐めた真似をしてくれるわい』

ハーデン侯爵がスノウの暗殺未遂事件の際に口にしていた言葉の意味がようやくわかった。

やはりハーデン侯爵は、ハウルロッド侯爵家がこの事件に関係しているとは全く考えていなかったのだろう。

カロスの狙いは〈夢の主《マスター》〉の二段目の存在進化、〈夢壊《ゾーク》〉を人為的に引き起こすことにあった。

二段階目の存在進化には大量の高レベル冒険者を生贄にする必要がある。それを実現するための手段が大規模依頼《レイドクエスト》だった。

だが、カロスが周到に計画してきた〈嘆きの墓所〉のレイドは、俺達によって破綻することになる。恐らく、この時点ではこの失敗をフォローできる次の計画など立てられていなかったのだ。

ばかりか墓所で〈夢壊《ゾーク》〉さえ引き起こせれば、その後に自身が裏切り者だと判明しても問題ないと考えていたのかもしれない。

貴族やギルドに大規模依頼《レイドクエスト》を持ち掛けていた上級冒険者など、どう足掻いても第一容疑者からは逃れられないのだから。都合よく改竄《かいざん》した地図のばらまきもあまりに大胆過ぎる。

カロスはあの時点では大規模依頼《レイドクエスト》後にボロが出ることを問題視していなかったと考えた方が筋が通る。

故にこれまでの下準備を無駄にしないためも、疑いの目が自分に向き切らない間に、強引にもう一度同条件の大規模依頼《レイドクエスト》で冒険者を集めて、〈夢壊《ゾーク》〉を引き起こす必要に駆られたのだ。

そのために散々ハウルロッド侯爵家内部の人間が怪しいと吹聴し、スノウの暗殺未遂事件によってその疑いを強めて、その場凌ぎでもいいからとにかく自分から少しでも疑いの矛先を逸らす必要があった。

ハーデン侯爵の時間稼ぎというのは、それを見抜いた上での言葉だったのだ。あの人はとっくに容疑者をカロスに絞っていた。

暗殺未遂事件の後、〈幻獣の塔〉の周囲に全く人影がなかったことにも頷ける。そもそも目的は暗殺ではなく、侯爵家の内部抗争を匂わせることだった。アレを仕掛けたカロスは、スノウの生死自体には全く関心がなかったのだ。

「何はともあれ、結果オーライなんよ！　まだレイド自体は片付いてないけど、全部終わったらまた皆でお祝いに美味しいもの食べに行くんよ！」

メアベルが声を張り上げてそう口にする。

カロスの最期の様子から、何ともいえない気まずさのようなものが漂っていた。彼女はそうした空気を払拭したかったのだろう。

ただ、メアベルは、その声に振り返ったヒルデと目を合わせることになってしまった。

「あっと、その、ヒルデさん……」

「まだ頭が追い付いていないが……別にオレだって、これで逆恨みする程馬鹿じゃねえよ。さっきの魔弾、悪かったな」

ヒルデは無感情にそう口にして、前に向き直った。

普段の覇気が全くない。尊敬する人間がテロリストで、その上目の前で自害したのだ。今はそっとしておいてやるべきだろう。

「……あの人を止めてくれてありがとうな」

ヒルデは俺達に背を向けたまま、小さくそう呟いた。純粋な謝礼というよりは、自分を慰め、納得させるための言葉であるかのように聞こえた。

10

後日、再び〈水没する理想都《りそうと》〉の大規模依頼《レイドクエスト》が行われた。目的は無論、〈夢の主《マスター》〉の討伐である。

事前の見立て通り、〈水没する理想都〉の〈夢の主《マスター》〉であるアクアスキュラは、既にカロスの手によって〈存在進化〉を果たした後であった。

今回討伐の指揮を担っているのは、ハウルロッド侯爵家の次期当主候補筆頭のスノウである。彼女の指揮の許に〈夢の主《マスター》〉をボス部屋から引き摺り出し、既に戦力を配置して準備を整えた通常エリアへと誘導する作戦を取っていた。

かなり高レベルの〈夢の主《マスター》〉が相手ではあるが、〈水没する理想都〉は〈夢の穴《ダンジョン》〉の中でもかなり広く、今回は依頼者であるハーデン侯爵が高額な報酬を設定しており、自身の私兵も戦力として投入しているため、比較的余裕のある攻略となっていた。

魔物：カリュブディス
Lv：90
HP：675／857
MP：436／568

アクアスキュラの〈存在進化〉した姿、カリュブディス。五メートル近くにも及ぶ青い軟体動物のような身体を持ち、その上には青い肌をした少女のような人間の上半身がくっ付いている。巨大な十の触手の先には、鋭い鉤爪《かぎづめ》がついていた。

「オオオオオオオオオオオッ！」

対する戦力は、貴族の私兵に冒険者。冒険者の都ラコリナ選りすぐりの実力者達三十人が、カリュブディスをぐるりと囲んでいた。

通常、〈夢の主《マスター》〉相手に大人数で挑むのはそこまで理に適った作戦ではない。不利に働くということはないが、レベル下の冒険者を数揃えてもまともにダメージを与えることができないまま死傷させられるため、デメリットが大き過ぎるのだ。その上、経験値やアイテムによるリターンを頭数で割ることになるため、コストパフォーマンスがあまりにも悪い。

ただ、今回は戦力一人一人の質が充分に高い上に、〈夢の穴《ダンジョン》〉の地形が集団戦を行うのに適しており、カリュブディス自体も大柄でかつ素早く動き回るタイプではないことが幸いしていた。

勿論今回も、ルーチェとケルト、メアベルの三人と共に参加している。ケルトとメアベルは後衛組として廃墟《はいきょ》の屋根の上に立ち、俺とルーチェは前衛組としてカリュブディスを正面から相手取っていた。

「少しでもダメージを受けた方は、他の前衛の方にターゲットを取ってもらって、即時に後退して回復を受けてください！」

スノウが触手を躱しながら、声を張り上げて指示を飛ばす。

今回は余裕がある。俺も〈燻り狂う牙〉は封印して、堅実に盾役として立ち回らせてもらっている。

「スノウさん、しっかり声出せてる……！　大勢を率いての〈夢の主《マスター》〉討伐は経験があると言っていましたものね！」

ルーチェが嬉しそうにそう口にする。

「……本人は気にしているようだから、あまり言ってやるなよ」

俺は苦笑しつつルーチェへとそう返した。

声を出すのが苦手なのもそうだろうが、大勢を率いての〈夢の主《マスター》〉討伐経験があると話していたのも、次期当主候補として実績作りのためのお飾りの指揮官だったらしく、そのことをスノウ本人は気にしているようだった。さすがに今回のカリュブディス戦の指揮官を任されたのは、適材適所と判断されてのことだろうとは思いたいが。

「余裕があるかと思ったが……相手の再生速度が想定以上に速いな。どこかで纏まったダメージを稼いだ方がいいかもしれん」

〈熛り狂う牙〉の使用を検討していると、ルーチェが一歩前に出た。

「じゃあアタシが行きますっ！　〈シールドバッシュ〉、お願いします！」

俺は〈シールドバッシュ〉でルーチェの小柄な体躯《たいく》をカリュブディスへと撃ち出す。ルーチェは器用に触手を擦り抜け、カリュブディスの人間体の背へとナイフの一撃をお見舞いした。

「〈竜殺突き〉！」

「ギュオオオオオオッ⁉」

カリュブディスの背中の肉が爆ぜて、その巨体が大きく揺れた。ダメージに耐えかねたカリュブディスの触手が地へと垂れる。

それを好機と見た他のレイド参加者達が、一気に畳み掛けていく。

11

無事、カリュブディス討伐によって〈水没する理想都〉の攻略が終わった。それから三日後、俺とルーチェは再びハウルロッド侯爵家の館へと招かれていた。

ハーデン侯爵からの招待である。

『大規模依頼《レイドクエスト》での貴殿らの功績と勇猛さを讃えるべく、特別な晩餐《ばんさん》を用意したため是非お越しいただきたい』といった内容の手紙を受け取ったのだ。

だったらケルト達も招待してもらいたいところだったが、名前がなかった以上、こちらから打診するわけにもいかない。

記載や把握漏れだとは考えにくい。正直ハーデン侯爵は苦手なのだが、だからといって逃げるわけにもいかない。聞いておきたいこともたくさんある。

館に入れば、女騎士のイザベラと、スノウが出迎えてくれた。

「来たか、エルマにルーチェ」

イザベラが俺達の顔を見てそう言う。スノウは俺達を見るや、ぱぁっと表情を輝かせていた。

スノウは客間で待っているものかと考えていたので、こうして案内役に並んで現れるのは意外だった。このノルスン王国の貴族作法としても、冒険者の歓待のためにこうして先んじて現れるのはかなり珍しいことでもある。

ハーデン侯爵がいない間に、何か伝えたいことがあったのかもしれない。俺は少し、スノウの言葉を待った。

……そうしてそのまま三十秒近く、場に奇妙な沈黙が訪れた。

スノウの額に冷や汗が浮かぶ。

何かを読み違えたかもしれない。なんにせよこれは駄目なときのスノウだと判断し、切り替えて普通に話すことにした。

「まさか、こうも短い間に二度も侯爵邸へのご招待に与《あずか》るとは。いたく光栄だ」

「あの……えっと……！」

スノウは俺に応じるように口を開く。

俺とルーチェも、彼女の先の言葉へと耳を傾けるが、再び沈黙が場を支配していた。スノウの汗が増え、顔が赤くなっていく。

「お嬢様……！」

イザベラが素早く、スノウの補助に入った。スノウが小さく手招きすると、イザベラが彼女へ耳を寄せる。

「ふんふん、なるほど……いいか、よく聞け、エルマにルーチェ。『二度の歓待は、それだけ貴方《あなた》方が多くの偉大な功績を残されている証。この度は、私の指揮の許、カリュブディス討伐に貢献していただいたこと、この地を守る侯爵家の人間として誠に感謝しております』……と、スノウお嬢様はお前達に仰られている！」

「ちょくちょく顔を合わせた気になっていましたけれど、やっぱりその癖、まだ抜けていないんですね……。レイド指揮のときは、あんなに勇ましくて格好よかったのに……」

ルーチェが少しがっかりしたようにそう口にする。

「……正直私も、お前達相手なら克服できたものだと思っていた」

イザベラの言葉に、スノウが気恥ずかしさと申し訳なさが入り混じった表情を浮かべ、顔を伏せてしまった。

「ああっ！　すみませんお嬢様！　焦る必要はありませんので！　できることから熟《こな》していきましょう！」

その後は、イザベラとスノウの案内の許、侯爵邸の廊下を進む。

「しかし、どうして案内役に次期当主候補の彼女が？　以前は客間で待機していたと思うが……」

「む……」

イザベラが気まずげに顔を顰《しか》める。少し不味いことを聞いてしまったかもしれない。

「すみません、父様がいらっしゃると、ずっと自分のペースで話されるもので……。無作法ですが、私から先に、レイド指揮に当たっていた者として感謝を示させていただきたいと存じまして」

スノウが恥ずかしそうにそう口にする。

「な、なるほど……」

それは納得がいく理由だった。

確かに前回はハーデン侯爵が一方的に喋り続けていたため、スノウは置物と化していた。そしてここまでして先に話す機会を設けてくれたにもかかわらず、レイド終了からやや期間が空いていたため想像以上に本人の人見知りが発揮されて、結局最初の挨拶はイザベラ越しになってしまったようだ。

「しかし……ハーデン侯爵は忙しい御仁だと聞いていたが、こうも立て続けに招いてくださるとは」

前回はスノウが招いたという形になっていたが、今回は正式にハーデン侯爵からの招待である。

「正直私も意外だ。忙しいのもそうだが、偏屈で人の好き嫌いが激しい御方。利益にならんと思えば、目上の貴族が相手でも会合をすっぽかすような御方だからな」

娘であるスノウの前でばっさりと言い切った。

「あ、あはははは……」

ルーチェも困ったように苦笑いを浮かべていた。

その後、客間にてハーデン侯爵と顔を合わせることになった。

「いやぁ、エルマ君！　またこうしてお会いできたことを嬉しく思うよ。吾輩《わがはい》はキミを、とても気に入っていてね」

大きく裂けた口が不気味な笑みを作る。相変わらずの凶相であった。

「〈夢神の尖兵〉の一員……カロスの討伐、感謝しておるよ。情報をまともに引き出せなかったのは少々残念だったがね。ただ、面白いスキル構成をしておったそうじゃないか」

俺達が席に着いてから、ハーデン侯爵はそう切り出しつつ、その大きな口で豪快に肉の塊を頬張った。

ルーチェが小声で「竜のような口……」と呟いた。

以前、イザベラがハーデン侯爵の外見を揶揄《やゆ》するために用いた言葉である。俺は肘でルーチェを軽く小突いた。

「エルマ君、何か心当たりはないかね？　キミは随分、クラスやスキルについて詳しいという話じゃないか。いや、エドヴァン伯爵家も舐めたものではないな！」

何となくケルトとメアベルが招かれなかった理由がわかった。ハーデン侯爵は、冒険者の俺とではなく、エドヴァン伯爵家の者としての俺と話がしたかったらしい。正直、あまりいい気分はしない。

「俺は廃嫡された身です。とはいえ、エドヴァン伯爵家に怨恨があるわけでもありません。あまり面白い話はできないかと」

「いや、吾輩は純粋に、キミの知恵を借りたいのだよ。キミも不思議には思うであろう？　王国が多大な犠牲を払い、長い歴史の中で開拓してきた加護の神秘。それを上回る情報量を持つ無名の教団、どこから湧いて出てきたのか、いや、不思議だとは思わんかね？」

　俺はちらりとハーデン侯爵を見る。

　表情から全く心情が読み取れない。最悪の場合、ハーデン侯爵の疑心が俺へ向いている可能性も有り得る。どう躱すのが一番正解なのか。

「……無論、不思議には思います。ただ、心当たりはありません。それに、家や生まれのことは、俺の立場で勝手にお話しするわけにはいきませんから」

　下手に嘘を吐くのは危険だと思ったが、前世の記憶云々なんて話せるわけがない。あくまで家のことを探られたと感じたように装うことにした。

　俺のクラスやスキルの知識は、あくまでエドヴァン伯爵家で得たものとして逃げる必要がある。それもあまり具体性を持たせて話せば、父アイザスとの知識量の差異で怪しまれる可能性もある。解釈の余地を残して誤魔化していくしかない。

「ンフフ、いやぁ、本当に面白いなあ、エルマ君は。武功しか取り柄のないどこぞの馬鹿親父とは違い、ちゃんと貴族をしておるではないか。ラーナがドラゴンを産むとはよく言ったものだ！」

　ハーデン侯爵は楽しげに笑い、食事を続ける。

　濁したのがバレて牽制されたのかもしれない。やはりこの人と話すのは苦手だ。いくら豪勢な料理を並べられても、食事が喉を通らない。

「父様、今日は御二方の歓待の席で……」

スノウが泣きそうな声でそう漏らす。

「ふむ、吾輩は何かおかしなことを口にしたか？　ただの愉快な世間話ではないか、なあ、エルマ君よ」

ハーデン侯爵は口許をナプキンで拭きながらそう話す。

スノウが申し訳なさそうに俺へとぺこぺこと頭を下げる。何故この父親からこの娘が生まれたのか全く理解が追い付かない。

「あまり堅苦しい態度は好きではない。その点でエルマ君に余計な気を使わせて、居心地の悪い思いをさせていれば申し訳ないがね」

「……いえ、その方が俺も気楽です。ご配慮、ありがたく思います。ハーデン侯爵様が不快でなければ、このまま続けていただければ」

「な、スノウよ？　エルマ君もこう言っておるではないか！」

「…………」

……やっぱりスノウが口下手なのは、ハーデン侯爵のせいかもしれない。

「ハーデン侯爵様の方で、何か〈夢神の尖兵〉についての心当たりは？」

「さっぱりであるな。我がハウルロッド侯爵家でも外部に対して秘匿してきた加護の情報は多く存在するが、明らかに連中の知識はそれを超越しておる。他国の機関か、或いは王国内のあくどい貴族の子飼いの組織か……それくらいしか有り得んだろうと考えておるが」

当たり障りのない返答だった。

カロスに対してどの程度疑いを向けていたのか知りたかったが、下手にこちらから探るような話を振りたくはなかった。不可能だろうが、ただの歓談で終わってほしい。

「この二つでなければ、吾輩の知見が全く及ばん、得体の知れん何かが介在しているとしか思えんな」

ハーデン侯爵は事もなげにそう口にした。背筋に冷たいものが走った。

「どうしたのだエルマ君？」

「いえ、すみません」

まさか、この世界を作り物として捉えた世界があり、そちらの記憶を持ち越している人間がいる……なんてことに、勘づいたわけではないだろう。実際〈夢神の尖兵〉が本当に俺と同じ転生者絡みの人間が関与しているのかは断定できない。

しかし、この人と話すのはどうにも苦手だ。

書き下ろし短編『ラコリナの博徒ルーチェ』

1

〈水没する理想都《りそうと》〉の攻略が終わってから数日が経った。俺とルーチェはラコリナの中心地から離れた〈暗雲《あんうん》通り〉を訪れていた。

〈暗雲通り〉はいわゆる歓楽街なのだが、ラコリナの中で最も治安が悪い。賭博場や闇店を仕切る裏クランの温床となっており、一般住民はまず近づかない。

ハウルロッド侯爵家は連中の存在を黙認しているようだ。恐らくはこの一角でのみ存在を許容することで彼らを管理しやすいよう一ヵ所へと固め、同時に一般住民達を連中の犯罪行為に巻き込まないようにする意図があるのだろう。

俺はこの〈暗雲通り〉にて、違法なアイテムを売買する裏の店を回り、掘り出し物の〈技能の書《スキルブック》〉がないかを見て回るのが好きなのだ。使用するつもりはないし、転売するのはあまりにリスクが大きいので実際に購入するつもりはないが、掘り出し物のチェックは〈マジックワールド〉プレイヤーの嗜《たしな》みでもあった。ゲーム時代の習慣が染みついている。

「こればっかりはエルマさんの悪癖ですねぇ……」

ルーチェが呆《あき》れたように笑いながら俺の横を付いてくる。

「ルーチェは無理に付き合ってくれなくてもいいんだぞ」

「確かに〈技能の書《スキルブック》〉はさっぱりですし、闇店の雰囲気もちょっと苦手ですけど……アタシ、楽しそうなエルマさん見てるのが大好きですもん！」

そんなことを話して歩いていると、覚えのある声が聞こえてきた。

「放しやがれ……クソ！　テメェらハメやがったな！」

ケルトが酒場の前で、複数の荒くれ者に押さえつけられている。

「ケルトさんですね」

「何をやっているんだ……？」

厄介事の匂いがするが、ケルトには何かと恩もある。〈水没した理想都〉でケルトに協力を断られていれば、カロスに〈ポイゾプロテクト〉を当てられずに敗北していた可能性が高い。そういった意味では命の恩人と称しても過言ではない。

俺はルーチェと顔を見合わせた後、ケルトへと接近することにした。

「ケルト……お前、何やってるんだ？」

「エルマにルーチェ⁉　き、来てどうすんだお前ら！　一人だったら振り切って逃げられたのによ！」

ケルトが俺を見上げてそう言うと、彼の背に乗っていた男が体重を掛けて腕を締め上げる。

「こっちは馬鹿な冒険者の対応に慣れてんだ。そんなヘマするかよ。下手にスキルなんぞ使ってみろ、交戦意志アリと見てそのままぶっ殺してやるからな！」

　ケルトは攻撃力の低い狩人クラスとはいえ、Ｂ級冒険者だ。彼を押さえ込むとはかなりの腕自慢らしい。さすがは〈暗雲通り〉の住人といったところか。

　相手の数は五人だ。一人一人がそれなりの腕利きだと考えておくべきだろう。力尽くで脱するというのは悪手だ。

　これだけ数がいれば、逃げる相手を捕まえるのに長けたスキルの持ち主もいるはずだ。本格的に事が拗《こじ》れれば下手すれば死人が出かねない。

「ケルトさんのお知り合いの方ですか？　それは好都合だ。彼、僕との勝負の負け金を払えないなんて言い始めましてね。立て替えてもらえませんか？」

　そこで酒場の中から、一人の男が現れた。

　派手な配色の貴族風のコートを纏《まと》った、金髪の男だった。整った甘い顔立ちをしており、切れ長の温和な目が特徴的だ。

「勝負……？」

「ロビックと申します。こちらの酒場……〈絵札の冠亭〉といいまして、ちょっとした賭場を兼ねております。ケルトさんは持ち金以上の損失を出して、そのまま逃げようとされたのですよ」

　俺は溜《た》め息《いき》を吐いた。ケルトめ、違法賭博に手を出して惨敗したらしい。

「……いくらだ？　同情の余地はないが、知人のよしみだ。額によっては立て替えてやる」

「必要ねえよエルマ、こんな奴らに！」

ケルトが声を荒らげて、男に腕を締め上げられていた。

ロビックが指を三本立てる。

「三十万ゴルドか？」

「馬鹿言っちゃいけませんよ。ここ〈絵札の冠亭〉は、羽振りのいい上級冒険者達の集まる場所なんです。三千万ゴルドですよ」

「三千万ゴルドだと？」

俺はケルトを睨《にら》んだ。

「ち、違う……俺は嵌《は》められたんだよ！」

ケルトはバツが悪そうに口にする。

それからケルトは、この〈絵札の冠亭〉で何があったのかを話し始めた。

どうやらケルトが〈絵札の冠亭〉に来たのは、レイドで知り合った冒険者に誘われてのことだったらしい。怪しい匂いがしたので好きではなかったが、不本意に大勝ちしてしまい、適当に切り上げて帰ることが難しくなってしまった。

酒場に勝負相手の知人らしい冒険者達が集まってきて、このままだと帰路で闇討ちされるかもしれないと警戒を強めていたところ、相手から掛け金を跳ね上げての勝負を泣きつかれたそうだ。適当に負けて帳尻を合わせて出て行こうと思い提案を呑《の》んだところ、そのギャンブルのルールに落とし穴があり、一気に勝ち分を失ったどころかそのまま三千万ゴルドの負け金を負わされてしまったとのこと。

「なるほど……勝たせて油断させて、隙ができたところを一気に刈り取られたわけだ」

俺も経験したわけではないが、冒険者ギルドでその手の話を小耳に挟んだことがある。

「イカサマだ！　俺を誘ったアイツがそもそもグルだったんだな！」

ケルトがロビックへと怒鳴る。ロビックは困ったように肩を竦《すく》めてみせた。

「参ったな……言い掛かりですよ。逃げ切れるとは思わないでください。一見客が負け金踏み倒して逃げたなんて噂《うわさ》になったら、〈絵札の冠亭〉は破綻する。この場で上手く逃げられても、〈暗雲通り〉の冒険者達がアナタを付け回すことになりますよ、ケルトさん」

「ぐっ……！」

ケルトが忌々しげに表情を歪《ゆが》める。

「とはいえ……あまり搾り取って、破れかぶれで衛兵に泣きつかれて大事にされるのも困る。我々は貴族様からお目溢《めこぼ》ししていただいている身ですからね。今回はアナタの手持ちと、獲物の弓だけで許してあげてもいいですよ」

ケルトの弓は一千万ゴルド前後のものだったはずだ。大分譲歩してくれている方だと考えるべきだろう。

詐欺同然の手口で騙《だま》し取られたとしても、〈暗雲通り〉の賭博なんかに安易に乗ったケルトが悪い。勉強代として諦めるしかない。

幸いB級冒険者のケルトであれば、しばらく真面目に〈夢の穴《ダンジョン》〉に籠れば取り返せる額だ。俺も少しは手伝ってやろう。

「ただし……アナタが勝負してくれたら、ですよ」

ロビックは俺を指差して、口端を吊《つ》り上げる。

「なに……？」

「一回だけでいいんですよ。ただし、掛け金は一千万ゴルドでね。アナタも随分稼いでいらっしゃるでしょう、重騎士のエルマさん？」

「俺のことを知ってたのか……」

「〈水没する理想都〉のレイドでは派手にご活躍されていましたからね。アナタにとって、出せない額ではないでしょう？　ご友人を助けると思って、どうです？　フフ、何事も経験ですよ」

ケルトは二千万ゴルドの負け金を見逃してもらえる。対して、仮に俺が敗北しても一千万ゴルドのマイナスで済む。ばかりか俺が勝って、一千万ゴルドを得る可能性も充分にある、ということか。

「なるほど……そういう手口で引き込んでカモを増やしていくわけだ」

大金が絡めば、人間は正常な判断力を失う。一度勝負してしまえば、脳が過剰な興奮を覚えて、勝っても負けても簡単には抜けられなくなってしまう。

それにこの男、賭博酒場の中の人間にも相当顔が利くのだろう。ケルトのときと同様に簡単に逃げられない状況を作り、そこから俺をイカサマで罠《わな》に掛けて搾り取っていくつもりなのだ。相手の土俵で戦うべきではない。

「乗らないのでしたら、別にそれでも構いませんよ。だったら私はそこの負け犬から、たっぷり搾り取らせてもらうだけですからね」

ロビックは、地面に押さえつけられたままのケルトの顔へと唾を吐きかけた。

「テメェ……！」

ケルトが血走った目でロビックを睨む。ルーチェがぐっと歯を食いしばった。

知人のケルトが理不尽な罠に掛けられ、蔑ろに扱われ、相当頭に来ているのだろう。

俺も同じ気持ちではあるが、状況が悪過ぎる。ここまで罠に掛けられた以上、無傷で逃げるというのは不可能だ。こんなときこそ冷静になって、極力傷が浅く済む方法を模索するしかない。

「わかりました……だったらその勝負、アタシが受けます！　ですから、ケルトさんを放してください！」

ルーチェが前に出て、ロビックへとそう宣言した。

「ル、ルーチェ……！　それは不味い！」

「任せてください。アタシ、この手のゲームで負けたことありませんから。一回と言わず、ケルトさんの負け分も帳消しにしてみせます！」

知っている。ルーチェは隠しパラメーター幸運力の初期値が相当高い上に、スキルツリーの〈豪運〉でかなりの補正が掛かっている。

その上で、この手の賭博は絶対に勝てるものではないのだ。

大前提として、この世界に真っ当なギャンブル場は存在しない。隠しパラメーターの幸運力の存在からか、人によって明確に運に差異があることが文化として染みついているからだ。

隠しパラメーターの幸運力は日常生活や人生の成功に大きな影響こそ及ぼしていないはずだが、この手のモロに個々人の運を意識させる事象に関してはきっちり機能しているらしい。恐らくゲーム時代からの名残のようなものだろう。

幸運力を上昇させるスキルツリーだってルーチェの〈豪運〉だけではないし、それに特化した装備アイテムだって存在する。ギャンブルで食っている連中なら、そんなこと当然知っている。

その上で駆け引き、戦略、そしてイカサマと、場を掌握して有利な状況を作り出す力によって、どんな相手が出てきても最終的に確実に勝てるように入念な準備を行っているはずなのだ。

「大丈夫です。負けても当然アタシの所持金から支払いますし、少しでも負けが出たらその段階で絶対に撤退しますから」

「い、いや、相手がそれを許すとは限らない。乗るべきじゃない」

ケルトも適当な段階で切り上げてとっとと逃げようと考えていたはずだ。それが囲い込まれて逃げられなくなり、一気に負け分を抱え込むことになったのだ。

俺はルーチェを説得しようとしたが、ロビックに肩を押さえられた。

「野暮でみみっちい男ですね。道化師のガールは勝負すると言っているんです。アナタよりずっと度胸がおありなようだ。つまらない水を差さないでください」

ロビックは俺へそう言うと、ルーチェの肩を押して酒場……〈絵札の冠亭〉へと誘導しようとした。ルーチェはその手を払い除ける。

「触らないでください。貴方《あなた》のこと、アタシ嫌いですから」

「これはこれは、遊び甲斐《がい》のありそうな気丈なお嬢さんだ」

ロビックな嫌な笑みを浮かべた。

2

賭博酒場、〈絵札の冠亭〉。その中の小さなテーブルを挟み、ルーチェとロビックが対面に立つ。

ロビックはカードの束をシャッフルし始める。

あれは王札《おうふだ》と呼ばれるもので、前世のトランプとほとんど同じものだと考えていい。一から十三の札があり、剣や杖《つえ》などの四つのソートがあって、合計五十二枚から構成される。

「あの男、相当器用だな。盗賊クラスか」

少し離れたところで、俺はケルトと共にルーチェの賭けを見守っていた。

イカサマの防止ということで、勝負中に知人が近くに寄ったり、過度に口出しを行うことは制限されているのだ。もっともそんなものは建前で、相当イカサマが蔓延《まんえん》しているだろうし、店側もよほどあからさまなものでなければ干渉することもないだろう。

「カードのすり替えに袖隠し、何でもやってくるぜ。俺も証拠は押さえられなかったがな。一回勝負が付いたら、喧嘩腰《けんかごし》でもとにかく強引に終わらせる必要がある」

ケルトが不快そうにロビックを睨む。

「〈三貴族〉で勝負しましょう。三枚山札から引いて、同じ数字が多く揃《そろ》った方の勝ちです。揃った枚数が同数の場合、どちらも揃わなかった場合は、数字の大きい方が勝ち。単純でしょう？」

初めて聞くゲームだが、どうやら前世でいうところのスリーカードポーカーに類似したゲームのようだ。

「アナタは初心者ですから、簡易ルールでやりましょうか。手札の入れ替えや降りはなしで、そのまま初期手札の強さで勝負して勝ち負けを決定しましょう。掛け金は先程お話させていただいた通り、一千万ゴルドで」

「それで構いませんよ。どうせアタシ、駆け引きはできませんから」

ルーチェは淡々とそう返す。

ロビックが山札をシャッフルして、ルーチェへと手渡す。

「アナタもカットしますか？」

「結構です。そのまま配ってください」

「度胸がおありですね、益々気に入りましたよ」

ロビックが互いの手札を三枚ずつ配る。

ざっくり計算したところ、同じ数字のペアが出る確率は概ね20％、三枚とも同じ確率は０・２％といったところだ。

基本的に単発の大きい数字の札を引いた方が勝つゲームで、稀《まれ》にダブルが出てくればその時点で八割方勝てるバランスになっている。トリプルを引けば、まず負けることはない。もっともそれは、イカサマがなければ、の話だが。

「おやおや、僕は【5】のダブルです。悪くない手札ですね」

ロビックが手札をオープンする。

ルーチェも続いて手札をひっくり返す。

【10】のトリプルだった。

結果はルーチェの圧勝だ。

「おおっ、稀少《きしょう》な手札が出ましたね！　トリプルを見たのは久方振りです、いいものが見られた。勝ったと思ったのですが……いやはや、僕の負けです。アナタにはギャンブルの才能がおありのようだ」

ロビックが大仰な動きで頭を押さえる。

「さすがルーチェだな。幸運力特化のキャラビルドを組んでいるだけのことはある」

俺が胸を撫《な》で下ろすと、ケルトが首を振った。

「……いや、恐らくトリックシャッフルだ。ルーチェに配った三枚の内、二枚は固定で【10】だったはずだ。シャッフルと配り方に、若干だが違和感があった。トリプルになったのはただのラッキーだろうが、あのヤロウ、ハナから一戦目はルーチェの奴に花を持たすつもりだったんだ」

ケルトが忌々しげに口にする。

やはり相手を乗せて調子付かせて、ギャンブルの穴に突き落とすのが目的というわけだ。

ただ、約束通り一セットは終わった。最悪戦闘になる覚悟で、強気に出てここで勝負を止めるべきだ。

理はこちらにある。それに事が大きくなって困るのは、ロビックや〈絵札の冠亭〉の方だ。梃子《てこ》でも動かないと思えば、さすがに引いてくれる可能性が高い。

「これでまずは一千万ゴルドですね、ロビックさん」

「慌てないでくださいよ、ルーチェさん。〈三貴族〉の一セットはこれで終わりではないんです。ダブルアップがあります」

「ダブルアップ……？」

「今回はアナタの損にはなりませんのでご安心を。勝者は追加で山札から一枚引いて、それが仮に【1】だった場合、敗者は掛け金の倍額を相手に支払うことになるんです」

ロビックが説明する。

ケルトが舌打ちを鳴らした。

「出やがったな、クソルール。〈三貴族〉はアレのせいで、掛け金以上の額を払わされる可能性があるんだ」

「低い確率だと高を括っていたら、調子付いて掛け金を吊り上げたところで、すり替えでダブルアップを成立させられて一気に捲《まく》られるということか。お前がどう嵌められたのかよくわかってきた」

何にせよ今回はルーチェが勝ったのだから、マイナスに働くことはない。ただ、このダブルアップが終わったら、力尽くでも勝負を止めるべきだろう。

明らかに〈三貴族〉のルールは、この世界の法則に則って、イカサマありきで効率的にカモから搾り取るために考案されたものだ。

後でルーチェに、幸運力だけでは太刀打ちできないのでこの手の勝負に乗るべきではないと、再三言い聞かせる必要がありそうだ。

「引きましたよロビックさん。これでアタシの勝ち分は二千万ゴルドですね」

ルーチェが今引いたばかりの【1】の札を見せる。

「ほぉ……本当に運がいいですねぇ、アナタは」

ロビックは目を丸くする。

一戦目は適当に花を持たせるつもりだったとはいえ、ダブルアップまで成功させられるとは考えていなかったようだ。

ダブルアップの成功確率は８％。当然だが成功しない確率の方が遥《はる》かに高い。

「ルーチェさん、もう一枚引いてください。ダブルアップは【１】以外の札が出るまで続けるんです。二連続で引いた場合、二倍の倍で四倍ということになります。もっともそんなこと、まず起こり得ませんが……」

ルーチェが山札から引いた札を表に返す。また別のソートの【１】だった。

ここに来てロビックの表情が曇った。

「はあ？」

素で苛立っているようだった。

一ゲームで四千万ゴルド負けるとは、さすがに想定外だったようだ。二連で【１】を引く確率は０・５％前後、これは二百ゲームやって一度起こるかどうかという数字だ。ましてやそれが、適当に花を持たせようとした初戦で来るとは想定していなかったらしい。

この儲《もう》けで、ケルトの負け分が既にひっくり返る形になる。ルーチェが二戦目を受ける必要がなくなったのも、ロビックが苛立っている原因の一つだろう。

そもそも一ゲームで判断力を失わせるための高額な掛け金設定だ。突然四倍になれば、ロビックの方もさほど余裕があるとは考えにくい。

「チッ、これだから幸運力の高いクラスは。でも、これだけ大勝ちしてまさか、このままワンゲームで勝ち逃げさせてくださいなんてことは……」

ルーチェが続けて三枚目を捲《めく》る。それも【1】だった。

ロビックの顔から完全に表情が失せた。遠巻きにしていた冒険者達も、二人の勝負の様子を見てざわつき始める。

「お、おい、ロビックが押されてないか……？」

「三連続ってさすがに初めて見たぞ」

「アレ、不味いんじゃないのか」

どうやらギャンブルを生業にしてきたロビックも、ルーチェの幸運力は予想外だったらしい。

ルーチェは初期の幸運力が相当高い上に、B級冒険者にのし上る過程で得た膨大なスキルポイントの大半を〈豪運〉に費やしている。こんな冒険者、この世界ではほとんどいないはずだ。ロビック自身も、ここまで幸運力の高い相手と勝負したのは初めてだったのだろう。

「な、なんで、どうして……？」

ロビックが唇を震えさせる。

倍の倍の倍なので八倍になる。八千万ゴルドだ。

既にロビックの持ち金を超えている可能性が高い。これでは続けたくても、ロビックがこれ以上続けるという選択肢を取ることができなくなる。

「ロビックのヤロウ、ルーチェの幸運力を見誤ったな」

ケルトがロビックを嘲笑した。

「ロビックさん」

ルーチェがロビックを睨みつける。

「これ、四回成功したら一億六千万ゴルドでいいんですよね？」

言いながら山札から引いた四枚目の札を返す。そこには【1】の数字が記されていた。

酒場中から驚きと悲鳴の声が上がる。

「イカサマだぁぁぁぁっ！」

ロビックは机の上のカードを全て、自身の腕で払い落とした。

「出るわけないでしょうが、こんなもの！　四連成功は二十七万分の一だぞ！　な、舐《な》めた真似しやがって！　来てくれ、ここにイカサマしやがった奴がいるぞ！　こいつらをとっ捕まえてくれ！」

ロビックが叫びながらルーチェを指差すが、誰も動かない。

元よりここでは些《さ》細《さい》なイカサマでは誰も動かない。ある程度織り込み済みとなっているためだ。

そもそも山札にはほとんどロビックしか触っていない。ルーチェはただ引いただけだ。

〈絵札の冠亭〉が介入するのは、イカサマよりも負け分を踏み倒して逃げようとする場合である。

それがまかり通ったらここは賭場として破綻することになるとは、ロビック本人が口にしていたことだ。

ロビックが逃げるのを予期してか、体格のいい冒険者達が、彼の背後に静かに並び始める。ロビックは尻目に背後を見やり、大粒の汗を滝の如く流していた。

「舐めた真似をしてくれやがって……ラコリナはいい狩場だったが、仕方ない！」

ロビックは素早く懐から灰色のボールのようなものを取り出した。

「〈煙玉〉……！」

俺がそう口にしたのと同時に、ロビックが〈煙玉〉を床に叩《たた》きつける。辺りに煙幕が広がり、ロビックの姿が見えなくなった。

どうやら逃げることを選択したらしい。

ケルトが舌打ちを鳴らす。

「あのクソヤロウ、立場が不味くなったらトンズラこきやがって」

そのうちに煙がどんどんと晴れていき、床で転倒したらしいロビックの姿が露になった。

ロビックは這《は》い這いの体勢のまま必死に身体を起こそうとしているが、まともに動けないでいる様子であった。

「な、なぜ、どうして……！」

ロビックが呻《うめ》き声を上げつつ、自身の影へと目を落とす。

彼の影は引き伸ばされており、その先を俺の足が押さえつけている。〈影踏み〉のスキルで咄嗟《とっさ》に動きを止めたのだ。

「別にこのまま逃がしてもよかったんだが……俺の気も済まないからな」

「アナタのスキルですか！」

ロビックが地面を蹴り、ナイフを抜いて俺へと飛び掛かってきた。

俺は大盾を構えて、〈シールドバッシュ〉でロビックを弾き飛ばす。ロビックの身体が軽々と跳んでいき、椅子や机をひっくり返し、壁を大きく崩す形になった。

「店を荒らして悪いな。金はそいつから取り立ててくれ」

ロビックの手持ちは七千万ゴルドだった。装備品を合わせれば一億ゴルドにはなりそうだ。

俺達は話し合った後、ロビックから巻き上げた金品を酒場内の冒険者達にばら撒《ま》いて、この場を後にすることにした。

惜しくはあるが、下手に持ち帰れば闇社会の住人と不要な接点を持つだけだ。ルーチェにも妙な癖を付けることになる。

ついでにロビックが払い切れなかった負け金を取り立てる権利も〈絵札の冠亭〉に押し付けてきた。これでロビックは今後、彼から少しでも毟《むし》り取ってやろうと考える〈暗雲通り〉の住人達から付け狙われることになる。俺達への報復を考える余裕もなく、すぐにラコリナから逃げ出すことになるだろう。

「ありがとうよ、ルーチェ。マジに助けられたぜ。ラコリナにいられなくなるところだった。お前らの頼みだったら、今後本当になんでも引き受けるからよ！」

ケルトが手を合わせて、ルーチェへと深く頭を下げる。

「でも、あのお店……ロビックさんと半分グルのような方々が多いんですよね？ 返してもらってお終いになったりしませんか？」

ルーチェがそう零す。

「そんな仲良しこよしの甘い連中じゃねえよ。知らねぇのか？ コカトリスは負傷した仲間を囲んで、生きたまま喰《く》い殺すんだ」

ケルトの言葉に、ルーチェがぶるりと身震いする。

この世界のギャンブルにおいて運はさほど重要ではない。駆け引き、戦略、イカサマ、場の掌握能力がほとんど全てだといっていい。

そのためルーチェでもまともに太刀打ちできないと考えていたのだが……。

「ここまで規格外だとさほど関係なかったな……」

「思ったより簡単でしたね。アタシ、なんかもっと仕掛けてくるのかと警戒してたので拍子抜けしちゃいました。雰囲気悪かったですし、普通に〈夢の穴《ダンジョン》〉攻略で稼いだ方がよさそうですけど」

ルーチェはあっけらかんと、そんなことを言ってのける。

無論、ロビックはもっと、ありとあらゆる手を仕掛けていく算段だったはずだ。ルーチェという巨人が、その余地を与えず叩き潰した結果になったわけだが。

俺もまさかここまで圧勝するとは思っていなかった。

「……エルマって凄い奴だと常々思ってたけどよ、もしかしてルーチェの方がバケモンじゃねぇか？」

ケルトがぽつりとそう口にした。

Kラノベブックス

追《つい》放《ほう》された転《てん》生《せい》重《じゅう》騎《き》士《し》はゲーム知《ち》識《しき》で無《む》双《そう》する3

猫《ねこ》子《こ》

2024年1月31日第1刷発行

発行者	森田浩章
発行所	株式会社 講談社 〒112-8001　東京都文京区音羽2-12-21
電　話	出版　(03)5395-3715 販売　(03)5395-3605 業務　(03)5395-3603
デザイン	寺田鷹樹
本文データ制作	講談社デジタル製作
印刷所	株式会社KPSプロダクツ
製本所	株式会社フォーネット社

KODANSHA

ISBN978-4-06-534769-0　N.D.C.913　290p　19cm
定価はカバーに表示してあります

ファンレター、
作品のご感想を
お待ちしています。

あて先
〒112-8001　東京都文京区音羽2-12-21
(株) 講談社　ライトノベル出版部 気付
「猫子先生」係
「じゃいあん先生」係